太れば世界が

キム・アンジェラ
高原美絵子
西野明奈＝訳

扶桑社

終わると思った

太れば世界が終わると思った

摂食障害を経験したわたしの記録が
同じ苦しみを抱える患者さんたちを励まし、
彼らの家族が少しでも
患者さんを理解する手助けになることを願って

はじめに——「プロアナ」をご存じですか?

二〇一九年六月、ある女性歌手が体重を八キロも増やしたというのが話題になった。彼女は公然と自分は太らない体質だと明かしてきたうえに、記事の見出しに「達成」や「到達」という表現が使われていたことで、肉がついたのではなく肉をつけたのだろうと推測できた。ダイエットに成功したというニュースが主流の世の中で、目につかないはずがなかった。

ガールズグループで活動していたころ、特に線が細い彼女はメンバーのなかでもひときわ注目を集めていた。ソロ活動をはじめたあとも細い体型はそのままで、過激なダンスを踊る姿を目にすると「ちゃんとご飯食べてるのかな」と近所のお姉さんにでもなったかのように心配したりしていた。だからか体重が増えて健康的になった姿を見て嬉《うれ》しかった。「ちゃんと食べてるみたいね」と思って、いっそう安心した。世の中でもっとも無駄なのは財閥と芸能人の心配だというけれど、心配していたのはわたしだけではなかったようで、記事に対するコメントは「前よりかわいい」という内容がほとんどだった。もちろん悪質

なコメントはどこにでも存在するので、彼女の体重に対してひどい書き込みをする連中もいないわけではなかった。

江南大路《カンナム》で渋滞に巻き込まれた帰宅途中のバスのなかで、何気なくオンラインコミュニティの人気記事に目を通していると、偶然目に留まった彼女の体重に関する掲示板のコメントに不快な既視感を覚えた。コメントには舞台の上で踊る彼女の動画が付いていた。同じ曲を同じ振り付けで踊る二つの映像で、違っているのは彼女の体型だった。一つ目の映像では骨の形が見えるくらい痩《や》せた姿が、二つ目の映像では少し太った姿が映っていた。わたしにはどちらもほぼ同じに見える二つの映像を比べて、投稿者は前後どちらの映像に映る彼女の姿が好きかと質問していた。当然、二つ目の映像を選ぶ人が多いだろうというわたしの予想とは違い、一つ目の痩せている姿のほうが優勢だった。一つ目の映像を支持する人たちの態度は、二つ目の映像を支持する人たちより断固としていた。わたしの頭のなかに一つの単語が浮かんだ。

「プロアナ」

よく知っているけれど違和感を覚えるこの感覚は、何か月か前にプロアナに関する記事

を読んだときに感じたものとまったく同じだった。プロアナ（pro-ana）は「賛成者」「賛成論」を意味する英語の「pro」と拒食症を意味する「anorexia」の合成語で、拒食症を支持する行為を指す。プロアナに憧れる人たちは「プロアナ族」と呼ばれる。記事では、十代から二十代前半の一部の女性たちのあいだで、最近プロアナが流行しているとあった。

「何？　流行ってるってどういうこと？　いま何が支持されてるって？」。はっと正気に戻った。記事を何度も読み返した。

「ホームトレーニング」や「シティーラン」など、運動で健康的な日常を作ろうとする動きが主流になっていて、ブランドもののハイヒールの新商品よりスニーカーを欲しがる人が増えている時代だというのに、一方では「骨痩せ」（骨が飛び出るほど痩せた状態）に憧れる女性たちが以前より増えているという、とんでもない状況になっていた。わたしの「とんでもない」は、たちまち「気まずさ」になった。その記事のなかで十数年前の自分に対面したからだ。

　ダイエットをすると周りが「痩せたでしょ？」と気づいてくれる。「手首細いね」や「ウエストも手が回りそうなくらい細い」と言うのが褒《ほ》め言葉に聞こえて、無駄な肉がなくなり痩せていく自分の体が気に入る。「叩いたら壊れそうだ」という言葉を聞くのも気

分がいい。ダイエットの秘訣を聞かれると「食べるのが面倒であんまり食べないんです」と答えるある俳優のマインドを尊敬して、彼女の「生まれながらの痩せ体質」に憧れる。次に生まれ変わったら絶対に彼女のような痩せ体質に生まれ変わりたい。ひとまず、いまの人生では自分に与えられた体で痩せられるだけ痩せようと決意する。けれど、いまの体は持って生まれた食欲の結果だ。相変わらず手に負えないほどの食欲をどうしていいのかわからない。「どうして食べるのが面倒にならないんだろう？」と自分自身を恨めしく思いながら、おいしいものを拒否する拒食症の患者を羨《うらや》ましがる。「そうか、わたしも拒食症になれば……」。これが、ちょっとだけスリムになりたい、と単純に思った人がプロアナ族になっていく思考回路だ。そして十数年前にわたしが経験したことでもある。

十数年前、わたしはガリガリの体型になりたかった。飢餓に苦しむ人のように、骨にかろうじて皮膚が張り付いているだけで、あちこち骨が飛び出している体に憧れ、その体によって周囲の人たちの関心を引きたいと思った。その体型に近づくために食事を減らしていった。痩せれば痩せるほど、さらに痩せたいという気持ちが強くなっていった。食事を減らし続けていくと、結局「超節食」と呼ばれる水準にまで達してしまった。超節食とは一日一食だけにしたり、一日の摂取カロリーを五百キロカロリー以下に減らしたりする極

端な食事方法だ。けれど、人間の欲求はそう簡単にコントロールできるものではなく、無理にコントロールしようとすると副作用が現れる。まさにそれが過食症だ。

自分が間違った道に入ってしまったことに気づくのに、決して短いとは言えない時間を費やし、間違った道から脱して正常な軌道に戻るまでに、かなり長い時間がかかった。曲がっても曲がっても正しい道が現れないときは、いまの堂々巡りから永遠に抜け出せないのかもしれないと思って絶望した。

結論から言うと、現在のわたしはその堂々巡りから抜け出して、いまは安定した生活を送っている。同世代の人たちとあえて比べてみようとするなら、少し遅れてはいるけれど自分がしたいことをしながらちゃんと暮らしている。昼食を食べながら夕食は何にしようかと悩み、週に二回くらいお酒を飲むこともある。突然トッポッキが食べたくなったら悩まずに食べる。そうかと思えばしょっちゅう「ああ、こんなに食べたら太るのに」と口にする。ひと言で言えば、平凡だ。ほかの人には当然と思えるこんな姿が、わたしにとってはずっと当然ではなく、この平凡な日常を取り戻すまでに苦しい時間を過ごしてきた。そのため、たまたま読んだ女性歌手の体重に関するコメントやプロアナについて書かれた記事は、わたしの日常に小さな波紋を広げた。穏やかだった湖に投じられたこの小石が作り

出した小さな波紋は、たちまち大きな波となってわたしを揺さぶった。何度も過去に連れ戻そうとした。慣れてきても気まずい思いはそう簡単には治まらなかった。

どのくらい経っただろうか。幸いにも波紋は静まっていった。わたしはこの気分をじっくり考えてみたうえで、波紋のエネルギーを利用して文章を書こうと思った。摂食障害に関するものだ。拒食症や過食症の苦痛がどれほどなのか多くの人が正確に理解していないから、摂食障害を治療するためにどれだけ長い時間と多くの努力、そして費用が必要になるかを知らないから、プロアナに憧れたりするんじゃないだろうかという考えに至った。経験者としてあえて言わせてもらえば、その苦痛を知ればむやみに拒食症に憧れを抱いたりはできない。

この社会は、まだ摂食障害に関する情報が乏しく認識の改善が必要だ。「摂食障害を完治させる方法は摂食障害にならないことだ」という言葉が存在するほど摂食障害を完全に治すことは難しい。個人的な要因、心理的な要因、社会文化的な要因が複雑に絡み合っているためだ。

プロアナは二〇二〇年十月の国勢調査にも登場した。国民健康保険公団の資料によると、直近五年間に拒食症で診療を受けた人は合計八四一七名で、二〇一五年に比べ二〇一九年

には一六パーセントほど増加したという。女性の患者数は男性の三倍で、さらに深刻なのは十代の青少年にその傾向が顕著だという点だ。深刻な副作用が懸念される向精神性の食欲抑制剤の処方も増えているという。わたしはこういった状況を案じている。自分が経験してきた苦痛のトンネルを振り返って、何を間違えたのか、なぜ間違えたのか、どうやってそのトンネルから抜け出したのかを思い出しながら、同じ苦痛のなかにいる人たちに伝える。ちゃんと健康に生きなくてはいけない。太ったからって世界が終わるわけじゃない。いま、その姿のままで十分に美しいのだと。

太れば世界が終わると思った

目次

はじめに――「プロアナ」をご存じですか？……5

第一章 過食症を患う

虫になる……18
わたしはもともと、あばらちゃんだったんだから……21
ダイエットをやめられなかった……27
はじめての嘔吐《おうと》……32
食欲という怪物……36
悪循環のループ……41
過食型拒食症……44
精神科での治療開始……50

第二章

摂食障害とともにやってくるもの

内向的であり、外省的……56
生まれつきの敏感さ……61
統制される生活……66
自己管理強迫……70
秩序への執着……74
痩せた体、もっと痩せた体……82
うつ病の洞窟のなかで……90
潔癖症のせいで……95
もう少しましな自分になりたかっただけ……99

第三章

美しい体って誰が決めるの

鏡のなかのわたし、写真のなかのわたし……106
オルセン姉妹とニコール・リッチー……110
映画やドラマのなかの摂食障害……115
摂食障害をラッピングするメディア……120
ヴィーナスとコルセット……125
「めちゃ痩せ」しなきゃ……133

第四章

わたしのなかで育つ恨みと痛み

母の最善……140

第五章

両極端を経験して、自分なりのバランスを見つける

父の権威……148
わたしをダメにしてしまう……154
そんなに痛くない指……158
外見コンプレックスに陥る……164
生きてみたらわかってくること……170
家族になるための距離……174
精神科治療の中断……182
わたしの話に耳を傾けてくれる人……187

シドニーに発つ……191
愚かな関係……197
失敗の記録……204
諦《あきら》めて自由になる……211
しっかりとしていく生活……215
悪循環ではないが好循環でもない……221
新しい世界……225
終わりに……232

第一章

過食症を患う

虫になる

「精神科に行かなきゃいけないんだ」

「何言ってるの？」

携帯電話の向こうから、信じられないとでも言いたげな、困惑しきった母の大きな声が聞こえてきた。懸命に育ててきた娘に精神的な問題があるなんて話、きっと青天の霹靂《へきれき》だろう。

「過食症なの。お医者さんが両親と一緒に治療を受けなきゃいけないって」

二〇〇五年の冬、二十歳だったわたしは摂食障害の専門病院に行った。過食症を治したかった。

まず、インターネットでよさそうな病院を探した。簡単には見つからなかった。当時も拒食症や過食症関連のニュースがときどき取り上げられていたけれど、病気や治療機関に関する情報はほとんどないに等しかった。幸い、江南《カンナム》に摂食障害の専門病院を見つけた。

電話で診療の予約をとり、当日はひとりで病院を訪れた。この病院は夫婦の問題や摂食障害を専門に診ていた。夫婦の問題を担当している男性医師と、摂食障害を担当している女性医師の二人で運営していた。病院に足を踏み入れるやいなや最初に目についたのが、二人の経歴がずらずらと書かれた壁の巨大なアクリルボードだった。横には数え切れないほどの証書が貼られていた。いつもだったら紙切れに思えただろう証書に安心させられた。少なくともあれくらいの実力はあるはず。それくらい追い詰められていた。

しばらく待っていると名前が呼ばれ、看護師が担当医の部屋へとわたしを案内した。担当医は三十代前半くらいに見える女の先生で、患者への接し方からは担当分野に対するプライドを感じた。運がよかった。信頼できる先生に出会えたようだった。

担当医は、いまの気分や体の状態などを訊ねると、わたしをひどく慎重にいたわった。わたしのように自分で摂食障害だと判断して治療を受けに病院を訪れる患者はほとんどいないらしい。そう。重要なのはわたしが自分の足で病院に行ったということだ。これはかなり異例で、患者の多くが家族の勧めで病院を訪れたり、ほとんど引きずられるようにして来院したりする。担当医は治療に対するわたしの意志を高く評価した。だからかもしれない。担当医はわたしの病はすぐよくなるだろうと診断した。その時はまるでわかってい

なかった。摂食障害がどんなに恐ろしい病かを。

次の診察は両親と一緒に来るよう担当医が言った。摂食障害の治療において、家族のカウンセリングは必須だ。そのときもどんな意味なのかわかっていなかった。いま考えてみれば、その言葉はつまり、「あなたの病気は両親からの影響を受けたかもしれないから、ひとりだけ治療しても意味がない。親も必ず治療に参加しなければならない」という意味だった。二つの難関がいっぺんにやってきた。過食症を患《わずら》っていると両親に告白しなければならないということ、それから、病気はあなたたちのせいかもしれないという事実を伝えねばならないということ。

ずるずる延ばさずに母に電話をし、過食症を患っていると淡々と告げた。実際、母にとっては「過食症」より「精神科」という単語のほうが強烈に聞こえたかもしれない。わずかな静寂のあと母はため息をついて、いつソウルに行けばいいのかと訊《き》いてきた。ほかには特に何も言わなかったはずだ。一週間後、両親は忙しい店の仕事を後回しにしてソウルに来た。ほどなくして対面した両親とわたし。そのときも父はまだわたしに何が起きたのかわかっていない様子だった。両親と姉、わたしの四人が集まった席で、自分に摂食障害があると告白した。母はやはりあきれていて、父はまるでこの世に存在するはずのない病

気について聞いたような顔をしていた。両親は典型的なベビーブーム世代（韓国の第一次ベビーブームは1955年～1963年生まれの世代を指す）で、食べるものがなくて大変だった時代を乗り越えてきた人たちだ。太りたくなくて食べたものを吐くというわたしの病を二人は理解できなかった。きっと幸せなわがまま程度に考えていたに違いない。

わたしの話を聞いていた父は居心地が悪くなったのか部屋を出ていった。母の顔には、解けない課題を出された学生みたいに複雑な心境がありありと現れていた。過食症になって一年が経とうとしている日のことだった。家族にとってわたしは、放り出すことも、かといって抱きしめることもできない、虫のような存在になった。ある日突然、虫になってしまったフランツ・カフカの小説『変身』のグレゴール・ザムザのように。

わたしはもともと、あばらちゃんだったんだから

大人たちは子どもを見ると、決まってひと言声をかける。

「こいつめ、かわいいったらないな」

「お父さんにそっくりね」

他人の外見を評価する言葉を平気で口にする人が多いのは、人人たちが軽くぽんぽん投げるそんな言葉を習慣のように聞いて育つせいではないか、と考えたことがある。

幼いころのあだ名は「あばらちゃん」だった。肉がついていないせいであばら骨が浮き出ている人を表す言葉だ。小学校に入学する前は兄弟姉妹と一緒にいる時間がもっとも長いものだが、姉と一緒にいる時間が多かった結果、ぽっちゃりしていた姉とわたしが自然と比較され、そんなあだ名になった。

わたしは食いっぷりがよく、いつも姉と競うように食べていた。にもかかわらずいつも痩せていたので、どんなに食べても太らない体質だと思っていた。変化がはじまったのは、人より少しだけ早く訪れた思春期のころだった。わたしの家系はどういったわけか比較的早く生理がはじまり、同様に思春期も早かった。長子である姉は小学四年生の冬休み、わたしは小学四年生の夏休み、そして七歳違いの妹は小学三年生のときに生理がはじまった。一番上のやることはなんだって真似したいのが二番目の宿命だろうか？　姉の生理がはじまってからというもの、わたしは「いつ生理になるんだろう」と首を長くしてその日を待った。それが何かもよくわからないまま。

初めて生理がきた日をはっきりと覚えている。小学四年生の夏休み、ある日の夕方だった。父は、その日の仕事が終わると近くの船着き場や家の屋上で炭火をおこし、家族で肉を焼いて食べるのが唯一の気晴らしで、その日もそんな平凡な日だった。父は屋上で肉を焼き、母は野菜やキムチなどを準備して運んだ。わたしは姉や妹たちと一番いい場所に座り、肉でお腹をぱんぱんにした。いつものように父は焼酎を飲み、母は遅れて席につくと肉を食べはじめた。

熱帯夜だったので夜遅くまで暑く、空気はべたついていた。尿意を感じたわたしはトイレに行って、下着についている血を確認した。生理がはじまったのだ。とうとうわたしも姉のように生理になったという事実に興奮してトイレから飛び出し、「母さん、わたし生理になった！」とわあわあ騒いだ。母はこう答えた。

「何がそんなに嬉《うれ》しいんだか」

生理のはじまった姉が毎月生理痛で苦しむたび、母はただイライラするだけだった。生理痛に見舞われたことのない母は、原因がなんなのか、どこがどんな感じでどのくらい痛いかすら理解できなかった。痛がっている子どもに痛み止めをやる以外、何もできなかった。大人たちは、生理痛なんてものは結婚すればよくなるという話を頑《かたく》なに信じていた。

「結婚」という単語に隠された意味は「出産」だった。わたしは生理がはじまってからもしばらくは、性行為というものの存在そのものを知らなかった。男と同じ部屋で眠れば、つまり睡眠をとりさえすれば子どもができると思っていたくらいだ。いまもそれほど違わないだろうが、そのころも生理や性について話すことはタブー視された。性は子どもたちが知る必要のないもの、生理は隠すべきものという風潮だった。

母も知らず、学校でも教えてはくれないのに、わたしが生理について理解できるわけがなかった。当時、小学校の性教育は五年生と六年生を対象に一学期に一度、養護教諭が行った。第二次性徴とはどんなものでいつ訪れるのか、肉体的にどんな変化が起こるのか、低い水準の知識を伝える程度だった。授業も中盤になると好奇心旺盛な子どもたちが「先生、初恋の話をして」などと騒ぎ出し、性教育がうやむやに終わってしまいがちだった。初潮がきたとき、生理がなんなのか誰も正確に教えてくれず、周りに生理がきている友だちもいなかった。ひと月に一度くる生理をひとりで背負うには小学四年生は幼すぎた。学校で授業を受けているときも生理痛は突然やってきて感情がぐらぐら揺れた。そして食欲が爆発した。

二十代後半になってやっとPMS（premenstrual syndrome　月経前症候群）という言葉に出

会ったが、まだほんの十歳の女の子が自分の体で起こっているホルモンの変化や感情の揺れについて知らないのも至極当然だった。生理がはじまってからは理由もわからずに、腹が立ったら怒って食べたくなったら食べた。ホルモンの変化とともにわたしの体が変わり、わたしの人生が変わりはじめた。

わたしを育てた食べ物の八割がパンだったといっても過言ではないくらい、幼いころはおやつにパンをよく食べた。我が家はわたしが四歳のころから二十年近くパン屋を営んでいた。だから一番手っ取り早く手に入るおやつがパンだった。

一般家庭の幼児なら、食べたいおやつがあれば両親に買ってくれと言わなくてはならないけれど、いわゆる「家＝スーパー」の子どもたちは、おやつ、特に子どもたちの好きな甘じょっぱいおやつを簡単に食べられる。パン屋の娘だったわたしも同じだ。母もパンを食べる程度ならなんのおしおきもしてこなかった。毎食用意するのが面倒だからパンですませようと言うとむしろ喜ばれた。父が心を込めて作ったパンだから、わたしたちにとってパンは父印のホームメイドおやつだったというわけだ。

パンは本当に世界で一番おいしい食べ物だった。オーブンから出したての温かくて香ば

しいパンをいまでも好きな食べ物に挙げるくらいだから、幼いころは相当だったと思う。あのころはオーブンからパンが出てくる時間を待ち構えては、しゃがんだままで三つ四つ平らげていた。そうやって食べてもわたしは相変わらずあばらちゃんだったから。PMSのせいで食欲が爆発するときも、わたしが一番手っ取り早く手に入れられるのはパンだった。生理の前後で食欲がコントロールできなくなるたびにパンを食べまくった。

こつこつと一年に五センチずつ伸びていた身長は、生理がはじまった最初の一年間で三センチ伸びたあとに止まってしまった。小学四年生までクラスで一番後ろに立っていたのに、学年が上がるにつれて一列また一列と前に移動し、中学に上がると一番前の列になった。幼いころは近所の大人たちに「あんたは背も高くて成長も早いのに、うちの子はいつになったらあんたみたいに大きくなるんだろうね」としょっちゅう言われていたのに、年々背が伸び胸も大きくなってかなり大人びた友だちのあいだで、わたしはある瞬間から「小柄でぽっちゃりした子」になっていた。だけど当時のわたしは自分が痩せていると思っていた。わたしはもともと、あばらちゃんだったんだから。

中学二年生のとき、友だちと撮った写真を見て大きな衝撃を受けた。痩せてきれいな友だちのあいだにいる、ぶさいくで太った子、それがまさにわたしだった。生まれて初めて

自分が太っていると感じ、生まれて初めて自分が嫌いになった。そして、生まれて初めてダイエットをはじめた。

ダイエットをやめられなかった

十四歳のわたしは痩せたかった。食べる量を減らし運動をしたけれど体重はなかなか減らなかった。幼いころから食べることが好きだったので、食べたいものがとにかく多かった。食事量を減らすのは難しいので代わりに運動量を増やした。日に二時間歩いて二時間摂取した。食べる量を減らさず運動を増やしたおかげで、わたしは「健康なブタ」になった。

わたしにはいつだって食べなければいけない理由があった。お腹が減ってなくても朝食は朝食だから絶対に食べなければいけない。昼食を抜くと夕食までにお腹が減ってつらいから昼食は必ず食べなければいけない。夕食を食べなかったら夜にお腹が減って眠れなくなるかもしれないから、夕食は当然食べなければいけない。食事をきちんと食べなければ

いけない、というのは常にわたしが守るべきルールだった。是が非でも日に三食を食べなければいけけない父の影響かもしれず、食べるものだけはいつでも充分に準備していた母の努力のせいかもしれない。

高校に通っていたころ、「朝ご飯運動」が起こった。MBCのバラエティー番組『感嘆符』の「やってみよう」というコーナーが話題になった。「全国のすべての高校生が朝ご飯を食べて登校するその日まで」というスローガンを掲げたあるコメディアンがシェフとともに学校を訪れ、生徒たちのためにサプライズで朝食を用意した。朝ご飯を抜いて早朝から登校し、疲れてやつれた顔をして「ゼロ時限目」の授業を聞いている青少年たちが、その日だけは明るい笑顔で朝ご飯を食べるシーンは視聴者たちに大きな感動を与えた。この放送を見てから、母は店の仕事で疲れていても子どもたちの朝食を必ず用意した。三食きちんと用意して食べるのは、我が家でもっとも重要な仕事であり、一種の信仰のようなものだった。

そのためか、ダイエット中という言葉を口ぐせに生きてきながら、一度も食事を抜いたことがなかった。大学に入学して授業を受けるときに、午前と午後にある必修の教養科目のあいだが三十分しかないのが、まるで理解できないくらいだった。「昼ご飯をどうやっ

て食べろっていうの？」」。昼食をどうしてもきちんと食べたいがために、講義に遅刻することもあった。

毎食きちんと食べたけれど、好きなように食べたわけではなかった。大学に入って本格的にダイエットをはじめてから食品の栄養について勉強をはじめた。何か食べるたびにカロリーがどのくらいか、どんな成分なのかをインターネットで検索し、品物に貼られた栄養成分表をつぶさに確認した。炭水化物が主成分のものは摂取不可、GI値（食後の血糖値の上昇を示す指標）が高いものも不可、脂肪や糖分が多いものはもちろん不可、タンパク質は無条件でたくさん。

近ごろは「低炭高脂」（低炭水化物、高脂肪）食事療法という言葉があるほど、脂肪に対する認識が変わってきた。また、炭水化物が脂肪に合成されることを抑制して、体脂肪の分解を助けるといわれるガルシニアのサプリメントが飛ぶように売れているくらい、炭水化物の過剰摂取が体重増加に大きな影響を与えることも広く知られてきた。しかし、十年前といえば「韓国人のパワーの源は米だ」という言葉がまかり通っていた時代だ。あれこれ資料を見たわたしは、炭水化物がダイエットの敵だと思って米を食べなくなった。炭水化物に含まれる糖がよくないというので、砂糖はもちろん、糖やシロップなどの入った食べ

物をすべて絶った。卵の黄身は一日一つ、豆腐はカロリーが高いので一食につき百グラムしか食べなかった。野菜や白身の魚は無条件でたくさん、GI値の高いジャガイモは食べられない食品になり、さつまいもも体にいい炭水化物ではあるけれどカロリーが高いので、中くらいのサイズを一日に二つまで、バナナも良質な炭水化物を摂取できる食品ではあるけれどカロリーが高いので一食に一本だけ許可した。この段階になると、食事をするとき自動的にカロリー計算をしている。五十グラムがどのくらいで百グラムがどのくらいかぱっと見ただけでわかるようになる。

頭のなかで今日食べたもののカロリーを合算する。一日の摂取量が千キロカロリーを超えてはいけない。朝食が八百キロカロリーを超えたら、その日の残り時間でわたしに与えられるのは二百キロカロリー。何を食べるべきか、どのくらい食べるべきなのか、食べ物について一つずつ理解していくにつれて、食べられるものが一つずつ減っていった。ある時点まではそのルールを守るのもそれほど難しくなかった。自分で制御可能だと思いはじめた。

食べ物を制限すると、その反動で過食の欲求が生まれてきた。一日二つしか食べられないさつまいもの三つ目めを食べたいとき、我慢できずに一食でバナナを二本食べてしまっ

たとき、あるいは雑穀ご飯ではなく白いご飯をスプーン山盛りにして食べたいときも、過食の誘惑はひっきりなしに押し寄せた。その誘惑を耐え抜いたとき、自分を思い通りに制御できているという錯覚に陥った。わたしの日常がすでに食べ物に振り回されているということに気づけないまま。

食事のメニューを制限すると同時に、運動もたくさん、そして長時間行った。早朝だろうが深夜だろうが、何か食べたら同じだけカロリーを消費したと思えるまで運動をやめなかった。だけど、どんなに食事を制限して運動をしても、自分がなりたい体重にはならなかった。運動時間をもっと増やしてみた。それでも体重は変わらなかった。どんなにやってもわたしはダメなんだという自己嫌悪に陥ったとき、最後の手段として、超節食を行った。すると二か月も経たないうちにようやく自分がなりたい体重になった。

痩せて、ぴちぴちだった服に余裕ができた。嬉しかった。生まれて初めて価値のあることをやりとげたような気がした。欲が出た。食事の量をさらに減らした。このころになると食べ物はもはや「食べるべきもの」と「食べてはいけないもの」とに分かれてはいなかった。栄養素なんてものも重要ではなかった。カロリーが高いか低いか、重要なのはその一点のみだった。健康にいいか悪いかではなく、体重が増えるか増えないかで食べ物を分

類しはじめた。

ご飯を食べて少しでも服がきつくなると、満腹感が続く限り自分の体が大きくなり続けるという誇大妄想に取りつかれた。身長が二メートルを超え体重が百キロを超える巨体に変わっていくようだった。そうなると、妄想が消えてなくなるまで、お腹がへこむまでむやみに歩いた。そんな気分を二度と味わいたくなくて、食べる量をさらに少しずつ減らした。いままで以上に歩き、運動をした。ずっとお腹がすいていた。それでも耐えなければならなかった。体重を減らしているんだから。太ったら世界が終わるんだから。

初めての嘔吐《おうと》

二〇〇四年、大学一年生の冬休み、わたしは明洞《ミョンドン》のある衣料品売り場でアルバイトをした。大学で衣装デザインを専攻していて、実際に人々が服を買うときにどんな点を考慮しているのか気になっていた。「こんな服を着る人が本当にいるのかな」と思うデザインの服も、あつらえたように似合う人がいることがとても不思議だった。本当に服を買うつ

もりで売り場に立ち寄る人と、通りすがりにちょっと見にきただけの人を区別するノウハウも身につけた。人には見た目からはわからない複雑で微妙な感情が存在し、服屋には服屋だけの見えない秩序やルールがあった。わたしは気が利くほうだったので、アルバイトをはじめてそれほどしないうちにかなりの売り上げを出したりもした。

わたしは衣料品売り場で午前十時から夜十時まで働いた。いまとなっては想像もできない働かせ方だが、そのころはたいていの販売店が一日十二時間勤務だった。午前に出勤して掃除をし、納品された服を整理したあと午後一時ごろに昼食をとる。服屋は込み合う時間帯が決まっているけれど、わたしがアルバイトをしていたのは学校が休みの期間だったので、息つく間もなく客がやってきた。午後六時になったら夕食。それから仕事帰りの客まで片づいたら退勤時間だ。昼食と夕食の時間を除けば一日じゅう立ちっぱなしだった。

たいていの衣料品売り場のように、わたしの働いていた売り場にもあちこちに鏡があった。客のいないときは陳列された服を整理する合間に鏡の前で身だしなみを整えた。服屋の鏡は実際よりもほっそりして見える。マーケティング戦略だ。痩せて見えるその姿が好きで、朝から晩まで鏡に映る自分の姿をちらちら見ていた。

売り場ではわたしを含めて四人が働いていて、食事はひとりずつ順番にとった。近所の

食堂に行ったり、出前をとったりして二部屋ある試着室の一つで食べた。スマートフォンが登場する前だったので、ご飯を食べながら本を読むか、ただ食べることだけに集中した。

食堂の食べ物だろうが出前だろうが、外で食べるものはたいてい脂っこくて味が濃かった。そしてわたしはダイエット中だった。それもかなり極端な。いまのようにダイエット用のレトルト食品が販売されてもいないどころか、ダイエットをしているからと食べ物を選り好みすると、集団生活では変わったことをする子だと思われた。アルバイトスタッフのなかでも最年少だったわたしは、変わっていると思われないように、自分が食べられるものだけを目ざとく選んで食べた。食べられるものは数えるほどしかなかった。例えば、チャンポンの上に載っている玉ねぎだとか、スンドゥブチゲの豆腐とか。超節食を維持するために炭水化物と肉は抜き取り、野菜のかけら数個で耐え忍ぶ日々が続いた。そういう食べ方をしていると満腹感はすぐに消え去り、退勤時間の十時になるとボタンが押されたみたいに急に強い飢えに襲われる。夜食はダイエット中の人にとって毒薬と同じだ。だが、「お腹すいた」と「食べたらダメだ」を繰り返しているうちに飢えはどんどん強くなる。

ある日の帰り道、どうしても空腹を我慢できなかった。すぐさま何かを食べないとこの場で死んでしまいそうだった。地下鉄の駅を出るやいなや目の前のスーパーで大袋入りの

菓子を買った。震える手で袋を破り、甘い菓子を口に入れた。その瞬間、えも言われぬ幸福が押し寄せた。そのときだけは、その菓子がこの世で一番おいしい食べ物だった。

地下鉄の駅から家までの十分間、無我夢中で菓子を食べた。これ以上はダメだと思いながらもやめられなかった。家に着くころには菓子袋の底が見えはじめていた。袋が空になってゆくにつれて、幸せな気持ちは少しずつ後悔と懺悔《ざんげ》に変わっていった。ありとあらゆる思考と感情で頭のなかがぐちゃぐちゃになって思考回路が麻痺した。

「いま食べたのを全部合わせたら何キロカロリー？　太ったらどうしよう？　嫌だ、死んでも嫌だ。こんな時間にこんなものを全部食べ尽くすなんて！　間違いなくまたデブになる！」

家に着くなりトイレに駆け込んだ。のどの奥深くに指を突っ込み、ついさっきまで食べていた菓子をすべて吐き出した。不安と恐怖も一緒に出ていった。十四歳でダイエットをするようになって初めて食べたものを吐いた。二〇〇四年の冬のことだった。

食欲という怪物

　怪物がいる。白く滑らかな毛が丸々と太った体を覆《おお》っている怪物だ。怪物はおとなしい性格で、ほとんど森の一角にある洞窟のなかで過ごしていた。昼寝をしたり、飛び回る蝶々をひたすら眺めたり、悠々自適に暮らしていた。お腹が減ったら洞窟の近くで木の実をもいで食べた。森の動物たちがお腹一杯になるまで食べてもまだ余るくらい、豊かに実っていた。川辺には透き通った水が流れ、木には季節ごとに違う味の実がなった。

　ある日突然、森を飢饉《ききん》が襲った。次第に減ってゆく木の実を見て怪物は少しだけ心配になったものの、飢饉はすぐ終わるだろう、よくなるに違いないと自分を励ました。でも、時が経っても状況はちっともましにならなかった。川の水は目に見えて干上がってゆき、葉の落ちた枝に下がった実は熟す前に腐って落ちた。不安が現実になった。

　せめて残ったものだけでもと、怪物は木の実をもいで洞窟に貯めた。お腹が減るたびに一つずつつまんで食べ、飢饉が終わることだけを待っていた。だが無情にも、最後の一つ

を食べても飢饉は終わらなかった。怪物は絶望感に覆われた。毛はばさばさになり、丸々としていた腹はげっそりこけた。怪物は残虐になることを決意した。

怪物は生き残るためにほかの動物たちの食べ物を略奪しはじめた。恐ろしく見せるために木の枝で角を作って頭にくっつけた。木の実を探すために目をぎょろぎょろさせた。森はますますひからび、もはや略奪する食べ物すら残っていなかった。怪物は自分でも気づかないうちにどんどん残虐になっていった。怪物に残ったのは飢えだけだった。何かを食べることさえできるなら、どんな対価でも払うことができそうだった。

さらにしばらく経つと、川辺は次第に水かさが戻り、木の実が一つ、また一つと実りはじめた。だが怪物は木の実が熟すまで待てなかった。ほかの動物たちが食べてしまうのではと怖くなったのだ。怪物はまだ熟してもいない実を飽《あ》きるまで食べた。熟さないうちに食べたせいで腹痛になり、時にはじんましんも出たけれどやめられなかった。またいつ飢饉が来るかわからないから。

森の動物たちは怪物を避けてほかの森に行ってしまった。怪物が森の木の実をすべて食べてしまうのも問題だったが、なにより怪物のことがとても恐ろしかった。怪物は一本の木の実を全部食べ尽くすとほかの木に実がなることだけを待ちわびた。待つのがひどく

煩《わずら》わしかった。我慢できなかった怪物はとうとう木の葉を食べ尽くし、木の皮まで剝いで食べた。怪物はものすごく怖かった。また飢饉がくるのではないかと思うと。森にはもう怪物しかいなかった。

食欲は怪物だった。ダイエットをはじめたときから、正確に言えば本格的に食事制限をはじめてからというもの、わたしは自分のまともでない食欲を怪物のように感じていた。お腹を満たすことができるのならどんなものでも食べ、心配する周囲の人たちを威嚇《いかく》した。さまざまな欲望や欲求がわたしのなかの森でバランスを保って暮らしてきたのに、いつからか食欲がほかのすべてを消し去り、自らをも消し去ってしまった。わたしが怪物になった。わたしは食欲そのものだった。

衣料品売り場で二か月間のアルバイトが終わったあと、わたしの体重は一番重かったときと比べて八キロ減っていた。と同時に精神的にも多くの変化があった。まず、食べることに過剰に執着した。単純に食い意地が強まったという状態を超えて、食べ物そのものがわたしの精神すべてを支配した。一日の半分は食べたいものに関する考えで、残りの半分

は食べたことに関する後悔でいっぱいになった。食べ物中毒になっていた。

　わたしの食欲は怪物になってわたしを飲み込んだ。ダイエットのために食べ物の摂取量を極端に減らした途端に食べ物はわたしの食欲を満たせなくなり、食欲を絶えず刺激した。朝から晩まで常に腹が減っていた。空っぽの胃は神経をとがらせ、鋭くなった神経の矛先は他人に、そして自分へと向けられた。父さんと母さんはどうしてわたしをこんなに太りやすい体質に産んだの、わたしはなんでこんなに太るまで自分を放っておいたんだろう、社会はかっこよくてきれいな人だけを望んで、ぶさいくな人にはチャンスすらくれないなんてすごく不公平だ、姉さんはお腹がすいたわたしに気も遣わないで、どうしてわたしの前で夜食を食べられるの……ありとあらゆる被害者意識に食い荒らされていった。そして太ることに対する激しい恐怖に苛まれた。

　ダイエットの初期は、どんなに食べても太らない体質の人が羨《うらや》ましかった。たくさん食べても痩せる、そんな人たち。長期間のダイエットに疲れきったあたりからは逆に過体重（韓国ではＢＭＩ値が２５以上３０未満のことを言う。日本の場合、２５以上は肥満と規定）の人が羨ましくなった。わたしの目には、食べたいものを全部食べて生きている幸せな人に映った。食べ物とダイエットのことだけを考え、すべての人を体重で判断した。いずれにせよ「生まれながらの痩せ体質」は不可能で、過体重には

なれないから、いまの体重を維持するために努力するしかなかった。そのためにはいまの体重からあと二キロ減らさなければならなかった。

二キロは保険だ。一度過食をしても、何日か油断してちょっと太っても、いまの体重を維持できる余地、二キロ。五十三キロから目標体重だった四十五キロまで、八キロ減量した。だけど四十五キロになった途端に夢の体重が四十三キロになった。二キロ増えても四十五キロになる四十三キロにならなくてはいけなかった。苦労して四十四キロになった。いまや、あと一キロだけ減量すれば夢の体重に到達できる。さらに苦労して四十三キロになった。また目標ができた。四十一キロになることだ。二キロ太っても四十三キロになれる……欲望に終わりはなく、わたしの森は徐々にダメになっていった。

痩せようとする欲が巨大化するほど、わたしの食欲もまた正比例して増していった。食欲を抑制しなければと思うすべての瞬間、その食欲がわたしを刺激した。抑えなくてはという考えが大きくなるほど、食欲はわたしを食い荒らしていった。それはまるで怪物のように。太るのではと心底恐れていたわたしのことを、怪物は最終的に飲み込んだ。

悪循環のループ

最初に摂食障害を発症したのは、三階建ての小さな集合住宅にある屋上の部屋に姉と住んでいたころだ。光州《クァンジュ》で大学を卒業して就職するためにソウルに来た姉と、ソウル市内の大学に入学したわたしが二人で暮らせるようにと両親が探してくれた部屋だった。建物の一階にはスーパーが入っていて、二階と三階には親戚が住んでいた。わたしたちはその部屋で二年を過ごし、後半の一年でわたしが摂食障害になった。過食症はいつでも痩せることへの執着からはじまる。そのくらい摂食障害の患者は外見への関心が強く、他人の目を気にする傾向がある。そのため、外見だけでなく、自身の異常行動を他人がどう思っているかについても神経をとがらせている。わたしも例外ではなかった。もしかしてわたしは変に見えてないだろうか、過食症がばれてはいないだろうか。だから食べ物を買ってくるときもかなり注意深く行動した。

二階と三階の玄関ドアはマンションのようにどっしりした鉄のドアではなく、薄いステンレスフレームに格子柄のすりガラスがはめ込まれたものだった。ろくに防音もされない

ので、階下の住人たちは姉とわたしが出かけて帰ってくるのが音でもわかった。それに、一階にあるスーパーの店主のおばさんはいつも店の外を眺めていた。過食症を患う前は、生活に必要なちょっとしたものを全部そのスーパーで買った。でも過食症が悪化し、日に何度も食べ物を買わなくてはいけなかったころはとても行けなかった。一日に三、四回、大量に食べ物を買うのをおばさんが変に思うかもしれないと思ったからだ。

建物の構造上、外出して家に戻るときは必ずそのスーパーを通り過ぎなくてはならなかった。よく出かけては食べ物を買ってくる姿が見つかったらと不安になったわたしは、変装とは言えない程度の変装をした。帽子を深くかぶり、出かけるたびに違う服を着た。一度にたくさんの食べ物を買ってくればいいのではと考えることもできるけれど、過食症患者だったわたしにとっては毎回が最後の過食だったので、次に過食するために食べ物をあらかじめ買っておくなんてありえないことだった。スーパーのおばさんが、日に何度も買い物をしに行ったり来たりするわたしを変に思っていないか、早朝コンビニに行くときは二、三階に住む親戚たちがわたしを変に思わないか、毎回気を遣っていた。そんな行動をするたびに「わたしはいま何をしているんだろう?」という考えが頭をよぎった。でもやめられなかった。

過食症は通常、過食——嘔吐——自己嫌悪という三つの段階を経るそうだ。そして自己嫌悪がふたたび過食を呼び、この過程が繰り返される。悪循環に陥っているのだ。まず痩せたいという欲求が生まれ、痩せるために食べ物を抑制するとその反動で食い意地が増し、過食をしてしまう。過食のあと、太るかもしれないという恐怖や不安が強まると、食べたものをすべて吐き出してしまう。次にわたしを待っているのは自己嫌悪。食欲を我慢できなかったという、そして「過吐」(過食して吐く行為)をしてしまったということへの自己嫌悪だ。

自己嫌悪が耐えられないくらい増幅すると、また過食をしたいという気持ちになった。頭のなかは「過食をしたい」と「過食をしたらダメだ」でぎゅうぎゅうになってしまい、にっちもさっちもいかなくなってイライラした。そして苛立ちから逃れるためにまたもや食べることを選んでしまった。「こんなにイライラして苦しいときこそ、むしろ食べてしまおう。そうだ、そのほうがまし」という考えで、過食する自分をしばらく正当化した。こんなことが繰り返されつつ自己嫌悪の極みに達して、自分はどうしようもなくて無能で意志の弱い人間だと思うようになった。食欲ひとつ制御できない人間が果たして何かを満足にやることができるのか、と考えてとても苦しかった。わたしに起きたよくないことは

すべてわたしが無能なせいに違いない。こんな考えから脱するためにまた食べ物を探した。

悪循環のループにはまると、その瞬間からみるみるうちに過食症がひどくなる。過食と嘔吐が習慣になると、単純に自己嫌悪だけが過食を誘発するのではなくなる。わたしはありとあらゆる理由をつけて過食をした。不安を感じたり、緊張したり、おいしそうな食べ物を見たり、食欲の出るにおいをかいだり、酒を飲んだり、肉体労働をしたり、疲れたり。暇なときにも過食をした。

わたしの場合、過食症がもっともひどいときは毎食過食をした。こうして過食と嘔吐の症状が出ると同時に、精神がじわじわと疲弊していった。死にたくはないけれど、こうして生きていたくもないと思った。「果たして、過吐をせずに残りの人生を生きていくことがわたしにできるんだろうか？」

過食型拒食症

摂食障害患者の診断基準はなんだろう？　拒食症は神経性食欲不振症とも呼ばれる。簡

単に言うと、食べ物を食べなかったり拒否したりすることだ。拒食症患者が食べ物を拒む一つ目の理由は太るのが嫌だからという場合が多い。過食症は拒食症とは逆に、食べ物をひどく食べすぎることだ。次に、過食症患者が過食になる主な要因は無理なダイエットである。痩せるために食べることを長く我慢したが結局食欲に勝てなくなり、一度にものすごい量を食べてしまう。

食べないことと、食べすぎてしまうこと。一見すると正反対のようだが、拒食症と過食症の根底には共通して太ることへの恐怖が存在する。患者の気質によって違う方向に現れ、その両極に拒食症と過食症がある。

摂食障害は結局のところ、食べるという行為に問題があるという意味だ。よく知られている拒食症と過食症のほかにも、食べ物でないものを食べる異食症、食べたものを自ら吐き戻してふたたび咀嚼《そしやく》する反芻《はんすう》症、ごく少量の食べ物や特定のものだけを食べる回避的・制限性食物摂取症などがあり、その多くは児童期や幼児期に現れる。拒食症と過食症もまた、主に思春期に現れる症状と医学的に説明されてはいるが、韓国国内の資料の大部分が二〇一〇年より以前のものなので、近年の世相を反映したとは言い難い。

勉強した資料によると、摂食障害は食べ物を拒否する拒食症からはじまり、大量のもの

をいちどきに食べる過食症へ発展し悪化する。拒食症が過食症になる過程には「衝動欲求」が重要な働きをする。忍耐力が強く内向的な人であるほどひどい拒食症になる確率が高く、衝動的で外向的な人であるほど過食症に進んでしまう確率が高い。そのために、個人の性格が形成される家庭環境が拒食症と過食症に影響を与える重要な要素であると言える。このように、拒食症と過食症は原因が同じで似た症状もあるので、食べ物を拒む患者を拒食症、大量に食べる患者を過食症というような単純な区分はできない。

『摂食障害』（キム・ジョンウク著、ハクジ社　２０１６　未邦訳）では拒食症患者を、周期的に過食する過食型拒食症と、食物を節制し続ける節制型拒食症の二種類に分類している。それによると、過食型拒食症の患者は発症以前に体重が大きく減少した確率が高く、体重を減らすために嘔吐をしたり下剤を乱用したりする。また、節制型の患者に比べてより衝動的な性向が見られ、行動を通じて衝動を発散する傾向があるそうだ。わたしはこれに当てはまった。感情をストレートに表現するせいで争いごとの絶えなかった家庭環境のせいか、幼いころから言いたいことがあると言わずにはいられなかったし、腹が立つと怒らないことには気がすまなかった。

ダイエットをしているあいだ、わたしを支配する欲求はもっぱら食欲のみで、ごくわず

かな刺激にも簡単に振り回された。市場を通り過ぎると漂ってくるトッポッキのにおい、フライドチキン屋から流れてくる香ばしい油のにおい、テレビに映る食べ物やそれをおいしそうに食べる人たち。それだけでなく、単に眠れないときからただ退屈を感じたときまで、ひっきりなしに。

一度食べたいと考えてしまうと、理性的な思考はもちろんのこと、食欲以外の感覚すべてが麻痺する。食べ物を口に入れるまでは、食べなければという強烈な衝動でイライラし、口のなかがカラカラに乾いて手が震える。あげく衝動に勝てずに食べはじめると想像を超える量を平らげる。「モッパン」（食べる姿を放送する番組）や「モッパンユーチューバー」が人気を集めるとともに、大量の食べ物を一気に食べることは特殊だけどありえることだ、という程度にいまは思われているようだけれど、それほどの量を一気に食べることは、一般的に見れば実は異常な行動である。

過食症患者たちの過食は、食べる行為とは到底言えない。普段の食習慣とは別個の問題だ。過食をするときはむしろ、普段は決して食べてはいけないと思っていたものを主に食べる傾向がある。わたしは食欲が生じると、ろくに嚙みもしないで短時間で大量の食べ物を胃に押し込んだ。それから満腹のラインを超えて喉までこみあげてくるほど、本当に胃

が破れてしまうかもしれないと思うくらいに痛くなるまで、止まることなく食べ物を口に放り込み続けた。モッパンの代名詞と呼ばれる芸能人はこう言った。「胃は五臓六腑のなかで唯一、頭の支配を受ける。わたしは満腹でも脳でコントロールできる」。笑わせようと言った言葉だったろうけれど、人の胃が伸びる水準は本当に想像を超えている。過食するときは一度にフライドチキンを一羽分、ピザ一枚、食パンひと袋、ご飯を炊飯器ごと、菓子を十袋くらいは軽く胃に収まった。まるで目に入るすべてを食べ尽くすことができそうな気分だった。そして胃で消化される前にすべてを吐き出した。

こんな具合に、過食の症状は患者自身では制御できない。長期間におよぶ食欲の抑制と不規則な食事は、空腹や満腹を統制している摂食中枢の信号体系を不安定にする。壊れた摂食中枢が原因となって、大量に食べても満腹を感じることができなくなってしまう。個人の意思とは関係ない。だから病であり、きちんとした治療が必要なのだ。

摂食障害はほかの病気となんら変わらないと思っている。たとえば、体のどこか一部分に起こった炎症を気づかずに放置すると合併症や深刻な病に進行してしまうように、摂食中枢に異変が起きたことにも気づかないまま食欲を抑制していると、摂食障害という病になるのだ。ほかの病気の患者がよくなるために薬を服用したり手術を受けたりといったさ

まざまな治療をするように、摂食障害の患者もよくなるために積極的に治療をしなくてはならない。ただ時が経てば自然に治る病ではない。

摂食障害という病気にかかるのは比較的簡単でも、完治は容易ではない。再発率も高い。うつ病のことを「心の風邪」とも言うけれど、この表現は軽すぎる。一時期、うつ病を個人の意思の問題と捉えて、患者に「肯定的に考えろ」「頑張れ、打ち勝てる」のような無神経な言葉をアドバイスのつもりでかけている時期があった。いまとなっては、彼らにかける肯定の言葉が肯定的な結果に繋《つな》がらないこともあると多くの人が知っているくらいに、うつ病に対する認識が変わってきた。激しい競争に晒《さら》された人が燃え尽き症候群を発症し、未来への不安が極大化した人がパニック障害になるように、摂食障害も、外見が人の価値を評価する基準になってしまった社会が生んだ疾病《しっぺい》ではないだろうか？　この病を個人の問題もしくは意思の問題とみなすことはできない。

精神科での治療開始

過食症に一年間苦しめられて、精神科の治療を受ける決心をした。

摂食障害は臨床治療や手術治療よりも、カウンセリング治療が効果的といわれる。実際に治療はカウンセリングがメインになるため、医師ごとに違いはあるものの、一般的に三種類の治療が並行して行われる。カウンセリング、認知行動療法、そして薬物治療だ。カウンセリングは担当医との対話を通じて摂食障害の根本的な原因を探り、改善していく治療、認知行動療法は食事日誌をつけて食事量を増やし、身体的な改善を促す治療だ。摂食障害の初期段階なら薬物治療までは必要ない。

摂食障害クリニック「心と心」のサイトによると、摂食障害は症状によって五つの段階に分かれる。第一段階は自分の意志に従って普通のダイエットをしている状態、第二段階は拒食症もしくは過食症とはっきり診断を下すことはできないが、ダイエットという行為に少しずつ問題が表れはじめている状態、第三段階は拒食症もしくは過食症とはっきり診断を下せる状態、第四段階は病的な症状が当人の意思とは関係なく起きている時期、第五

段階は日々の暮らしの大部分が病的な症状に占められている時期だ。

　わたしはもっとも深刻な第五段階に該当したので、最初から薬物治療を並行して行った。患者によると思うのだが、わたしの場合は食欲抑制剤と抗うつ剤などを処方された。カウンセリングや薬物治療はどんな治療なのか思い浮かべやすいけれど、認知行動療法がどんなふうに行われるのかは知らない人が多いだろう。たいていの過食症患者は、自分で決めた適正な摂取カロリーを超えると不安を感じる。認知行動療法は自分が誰とどんなものを食べ、食べるときにどんな気分で、食べたあとはどんな感情になったかなどを記録した食事日誌をもとに行われる。

　わたしの場合、病の根源を探ることよりいまの問題行動を矯正するほうが多少簡単だった。カウンセリングより認知行動療法の効果のほうが先に、そしてすぐさま現れた。認知行動療法士はわたしに一日三食、適切な量の一般食を食べて、朝食と昼食、昼食と夕食のあいだにおやつを食べるよう勧めてきた。飢えを感じることは過食症患者がもっとも避けなければならない状況なので、少量の食事をこまめにとって空腹という刺激を避けろ、というわけだ。ここで気を付けなくてはいけないのは、食べながらカロリー計算をしないという点だ。そうやって少しずつ食べ物への恐怖心を減らし、食事に対する認識を改めてい

く。認知行動療法の重要な目標の一つが増量だ。摂食障害の患者たちは、体重が増えることに対する極度の恐怖を感じて食べ物を拒む。体重が増えても大丈夫、あなたが心配している状況にはならないと気づかせることが、認知行動療法の核心だ。そうすれば正常な食生活を維持することができ、健康な心と体を取り戻すことができる。

わたしは従順な患者になって治療に集中したが、体重はそれほど増えなかった。一度も欠かさず食事日誌をつけ、病院が勧める食習慣を守った。薬も頑張って服用した。治療をはじめてからは過吐もやめた。それでも増えなかった。わたしのなかの太ってはダメだという恐怖は、医師の予測よりはるかに巨大だった。なぜわたしに治療が必要で、治療のために何をしなくてはならないのか認識しているにもかかわらず、太ることへの恐怖を打ち砕くという芸当は簡単ではなかった。そのためにカウンセリング治療が必要なのだ。

カウンセリングにあたって、診断のためにいくつもの検査をした。担当医が直接しなければならない検査は病院で、設問用紙を埋めるだけの検査は家に持ち帰ってひとりでやった。担当医とともに行った検査は、デカルコマニー（二つ折りの紙の間に絵具を挟み、開いてできる模様のこと）のような絵を見て感じたことを話すというもので、家でやったのは性格やうつ病の診断テストだった。

医師はこの検査をもとにして患者を診断する。のちに行われる家族カウンセリングでは診断内容を家族と共有して今後の治療過程を説明し、家庭でどんな助け合いをしなくてはいけないかなどを念入りに頼み込む。患者と家族が一緒に受けるカウンセリングのあと、患者を除いて家族のみのカウンセリングも別途行われる。そして、定期的に家族と一緒にカウンセリングを受けるのだが、わたしの場合は両親が地方にいる関係で、家族カウンセリングは初期に二度だけ行われた。

摂食障害を治療するには必ず病院に行かなければならない。にもかかわらず、多くの人が精神科での治療記録が残ったら後々不当な扱いを受けるのではと心配になって、精神科への訪問をためらう。精神科の治療記録は健康保険審査評価院と国民健康保険公団に五年間機密記録として保存され、法律で定められた国家の事務に必須とされる場合を除き、いかなる場合においても閲覧が禁止されている。また、医療法上、病院の記録保管は十年で、これもまた機密保持がなされている。病院の資料を本人の同意なく閲覧したり複写したりすることは違法だ。だから、もっと気軽に病院の門を叩いてほしい。

第二章

摂食障害とともにやってくるもの

内向的であり、外省的

治療を受けているあいだ、摂食障害を患う仲間と病院で会ったことがある。一種の同志という感じだろうか。

たまたま三組の家族カウンセリングが重なって時間も同じくらいだったため、三家族が病院の待合室で一緒になった。カウンセリングに家族全員が参加するのは大変なので、比較的スケジュールを調整しやすいひとりとともに行う場合が多かったし、そのたいていは患者の母親だった。そんなわけで三人の娘と三人の母親が待合室で向かい合って座っていると、自然と母親たちのおしゃべりがはじまった。

「娘がほんとに心配で。お子さんはどうしてました……」

「この子はまるで何も食べないし、部屋から出てもこないから、わたしがなんとか連れてきたんですよ」

「うちは日本に留学中なんですけど、休みのあいだに治療を受けさせようと思って来たんです」

母親たちによって繋がったわたしたちはすぐに親しくなった。嬉しかった。同じ苦しみを味わっている同志にやっと出会えたと思った。ひとりは拒食症のせいで食事もせずに部屋に閉じこもっていると言った。化粧っ気がなく口数の少ない子だった。わたしと同じで病院で治療するのは初めてだと。もうひとりは過食症だった。日本でマンガを専攻しているというその子は、マスカラをたっぷりつけた、当時流行っていた日本風の濃いメイクをしていた。わたしたちのなかで一番おしゃべりで明るかった。すでに何度も治療を受けたことがあり、今回は再発なのと言った。三人は同じであり、違っていた。

わたしたちは改めて時間を作って病院の外で会った。そのときも拒食症の子は全然しゃべらなかった。一緒にいて楽しいのか嫌なのかわからなかった。過食症の子とは互いにいろんな話をした。メイクの仕方だとか、日本の歌手や映画の話なんてことを。その子とわたしは二人とも過食症を患っていたが、同じところも違うところもあった。過食をするとき、わたしは特に味を感じることができなかったけれど、その子はどの食べ物もすごくおいしいんだと言った。わたしはどうせ全部吐き出してしまうから食べ物に使うお金が惜しかったけれど、その子はおいしいものを買うのにお金は惜しまないと言った。

病気について共感し合える部分を作ってたくさん話をしたにもかかわらず、わたしたち

が三度目に会うことはなかった。互いのつらさに共感できるからこそ急激に親しくなったものの、互いに自分の姿が投影されるので、その出会いを維持し続けることはできなかった。わたしたちは違うところがたくさんあったけれど、摂食障害のことで自分を嫌悪しているという点は同じだった。そして、仲よくなったときと同じ理由で離れてしまった。同じ苦難を共有したし、同じ自己嫌悪に陥っていた。自己嫌悪に陥っている自分の姿をほかの人越しに見るのは簡単なことではなかった。

同志たちがわたしと違っていたように、摂食障害の患者の性格をひとくくりに説明はできない。自分のことを制御できなくなったあと、わたしは自分の知っているわたしではなかった。自分のことはよくわかっていると自負していたけれど、実際はびっくりするくらい理解していなかった。わたしはわたしを理解しなくてはいけない。これは摂食障害の治療の第一段階であるとともに、病気の原因を見つける出発点だから。

人の性格を区分する方法はさまざまだが、個人的には内向・外向で分類する方式が興味深い。内向的というのは内省的とは違う概念で、外向的と外省的も違う。少し大げさだけど、スイスの精神医学者カール・グスタフ・ユングは、内向・外向というのは性格の方向

性で、内省・外省は性格の特徴的な部分だと定義している。この時点で性格的な矛盾を経験することになるのだけど、それは内向的な人が外省的なこともあるし、外向的な人が内省的なこともあるからだ。内向的であると同時に外省的な人は、人との付き合いは楽しまないが、集団にうまく馴染《なじ》んで自分の考えも上手に表現する。外向的であり内省的な人は、人と交わることが好きでいつもグループのなかにいるけれど、自分の思いはうまくだせないこともある。ユングの理論によれば、わたしは内向的かつ外省的な人間だった。

子ども時代を思い返してみると、わたしの周りにはいつも友だちがたくさんいた。学校では同じ年ごろ同士で集まる文化が自然とできていて、いつも大勢でわいわい集まっているなかにわたしもいた。だからってそこで安心しているわけではなかった。活発な性格だし、よく会話の中心にいたけれど、同年代の子たちといるとなぜか、心のどこかに正体不明の窮屈さがあった。「ひとりでいたいけど寂しいのは嫌」という思いだろうか。

予測もつかない行動をしてから、なんでそうしたのか自分でもまるで理解できないときがままある。わたしにとっては過食症がそうだった。原因を知りたかったので、性格の型に関する説明はそれを知るヒントをくれた。人間をいくつかの型に分けて決めつけるのは危険だが、自分を客観化し、一歩引いて眺めるためにはこんな分類のしかたが参考になる。

摂食障害について説明している専門書によると、拒食症患者は内省的である場合が多く、過食症患者は外省的な場合が多いそうだ。どちらも食べ物を抑制しようというまったく同じ欲求を持っているけれど、外省的な人は衝動的な気質が強いために過食をしてしまうことが多い。わたしが出会った摂食障害の仲間たちを思い返してみると、大きなくくりでは間違ってはいない。でも同じ拒食症や過食症を患っていたとしても性格は千差万別だ。だからうかつに「わたしの性格はこの型だからこんな病気になる」というような考えかたをしないほうがいい。摂食障害を誘発するそれぞれの事情と要因がちゃんとあるということだ。

もう一つ忘れないようにしないといけないことがある。一度自分のことを客観視して定義したとしても、年を重ねて経験が増えていくにつれて性格や自我が変わることがあるという点だ。最初に定義したときは合っていたことがいまは間違っている可能性もある。人は本当に変わらないなんて言うけれど、ある面からみたら、人ほど変化しやすい存在もないんじゃないだろうか。わたしは自分が変化し続けていると感じた。わたしの過食症も、この十数年で数え切れないほど多くの型に変化を見せた。わたしの人生が変わり、わたし自身が変わってきたのと同じように。

生まれつきの敏感さ

勘が鋭く繊細で敏感な性格の人を「エンパス」と呼ぶそうだ。アメリカの精神科専門医、ジュディス・オルロフの著書『LAの人気精神科医が教える共感力が高すぎて疲れてしまうがなくなる本』（桜田直美訳、SBクリエイティブ、2019）によると、エンパスは「他人の感情、エネルギー、身体的な症状を、そのまま感じてしまうのだ。たいていの人は、それらを適度に遮断するフィルターを備えているのだが、エンパスはそのフィルターを装備していない」、そんな人たちのことをいう。「よく、他者の不快感と、自分の不快感の区別がつかなくなる」。エンパスという言葉が使われはじめたのは比較的最近で、これを現代に流行している迷信とみる向きもあるが、わたしはこの言葉で自分自身に関するヒントをもらうことができた。

オルロフは、エンパスの類型を身体的・感情的・直感的の三種類に分けて説明している。わたしはそのなかの感情的エンパスといえる。感情的エンパスは「他者の感情に敏感で、悲しい感情も嬉しい感情も、まるでスポンジのように吸いとることができる」。そして一

定の領域にいる他人の感情を自分のもののように感じてしまうそうだ。自分は単に勘が鋭いんだと思っていた。また、エンパスはその敏感さを鈍化させるために酒や麻薬、ショッピングなどの中毒になってしまう場合があるそうで、これは自分自身を安定させるために無意識で行っている。わたしは食べ物の中毒になった。

エンパスは情に厚い性格なので、自分よりも他人の面倒をみることにより時間を割いてしまううちに、その役割にとらわれてしまうという。そのため、集団に所属していることへの疲労が大きい。このようなタイプの性格の人は一か八かという極端な性格であることが多く、わたしもそうだった。集団のなかにいるときは完全に溶け込み、集団にとって必要な存在になりたいと願った。そうなるために自分にプレッシャーをかけた。

面識のない人に声をかけたり、ほかの人と対話したりすることに恐れや難しさを感じているわけではなかったものの、いずれにしても誰かと会話を交わすとストレスが蓄積していった。そのせいか、学校の長期休暇や休日は昼に寝て明け方に目を覚ましていた。人々が活動していることを間接的にでも感じる昼間より、自分ひとりだけ目を覚ましているような静かな明け方のほうが安らぎを感じた。

一番敏感だった時期は、群衆のなかにいるだけでもつらかった。お祭り、市場、展示会のような混みあうところ、つまり自分の安定した領域が脅かされる空間では神経をとがらせた。何年かは映画館に行くことすらできなかった。わたしと関係があろうがなかろうが、近くにいる人の感情が何もかも伝わってきてしまうからだ。それが幸せや喜びのような肯定エネルギーだろうが、苛立ちや怒りのような否定エネルギーだろうが、わたしに疲労感を与えるという点では同じだった。こんな人のことを世間では勘が鋭いと言ったりする。

うつ病の人たちのなかには、人前では普段より明るく振る舞う人もいる。わたしもそれに当てはまった。関わることで傷つきたくないと思いながらも、もっと気にしてもらいたかったし、もっと愛されたかった。わたしのことを理解してほしいと願った。そして、ひょっとしたら摂食障害の患者の多くが生まれつきこういう気質なのかもしれない。

アメリカの臨床心理学者であり摂食障害治療の専門家、アニータ・ジョンストンは著書『摂食障害の謎を解き明かす素敵な物語』（井口萌娜訳、星和書店　２０１６）で、摂食障害の患者たちが患った原因はさまざまだが、彼らの気質には共通する特徴があると分析した。たいてい勘が鋭く、人の言葉や行動をよく把握しているという点だ。この部分を読んで、過去のある場面が浮かんだ。

小学六年生のとき、担任の先生が黄色いフリージアの花束を持って我が家にやってきて、母としばらくのあいだ話をしていたことがある。母と父がけんかをして家のなかがすっかり冷え切っていた時だったから、担任の突然の訪問はありがたいものではなかった。先生が帰ったあと、母がわたしに訊いてきた。

「あんた、日記に両親が離婚したらいいのにって書いたんだって?」

父と母が二人で店を切り盛りしていると、運営のしかたについて時折摩擦を起こすことがあった。入った注文はすべて受けたい母と、そのために過度な労働をしなければならない父の不満が、時には深刻な夫婦げんかを引き起こした。そこに父の飲酒問題がひどくなると、これまでになく殺伐とした雰囲気になった。家に流れる厳しい空気に押さえつけられたわたしは、頭のなかでぐるぐる回っていた言葉を日記に書いてしまった。

「あんなふうに暮らすより、いっそ母さんと父さんが離婚しちゃえばいいのに」

わたしの家族は、他人がうらやむほど仲睦まじいとは言えないにしても、そこまで言うほど深刻な不和が起きているわけでもなかった。ただ、他人と暮らしているみたいだった。いいときもあればけんかしてるときもあるのが家族ではないか。だが、わたしの持つエンパス気質はそんな不和に耐えることができなかった。空気の流れだけでも気づくさまざま

な感情、そのなかにある憎しみ。そんなものたちがわたしの皮膚の奥深くにもぐり込んだ。父と母は言葉には出さなかったけれど、わたしは家のなかの空気から二人の最後を感じ取り、二人に言いたいことを日記に書いた。結果的に父と母はその後も二十年以上、一緒に暮らした。わたしがあのとき感じていたのは、単に感受性がひときわ敏感だった幼少期の幻想みたいなものだったのかもしれない。二人のあいだの何かが本当に終わったのかは、もうわからないことだ。

母はこんなわたしのことを負担に感じていたんだろうか？　隠したい大人たちの世界を監視する子ども、すべてを見透かすような目で母のことを見ている子どもだったから。適当に知らないふりをしてやりすごしてくれればお互い気が楽なのに、気に入らないことをしきりに感じ取るわたしの性格が気を遣わせたのだろう。母がわたしを負担に思っていることもぼんやりと感じた。そんなふうにわたしは、母も気づかないうちに母の愛情から遠ざかった。遠ざかった愛情が、幼少期を過ぎると満たされることのない大きな飢えになった。

統制される生活

両親はいつでも商売をしていた。わたしが四歳になる前まで母はチキン屋を、父は同じ建物の上階でビリヤード場を経営し、四歳になった年に父が製パン技術を学んでから二十年以上、製パン店を営んでいた。

父がパンを作って母が売った。母は父が焼いたパンを包装し、コロッケやサンドイッチなどの具を準備し、製パン工場の掃除もした。父が持つ高い技術を発揮できるように母がいろいろな準備をしたというわけだ。ハードな労働を父が、時間がかかる仕事は母が担当した。その仕事をしながら母は四人の子どもを育てた。母は寂しがっていたが、わたしはいまも冗談で、わたしたちは勝手に育ったんだと言っている。そのくらいに母は四六時中忙しかった。

わたしが幼稚園に通いはじめたころから、小学生だった姉の真似をしてピアノ教室とアートスクールに通った。小学校に入学してからはそこに暗算塾が追加された。長くは通わなかったけれど、ディベート、書道、漢文、パソコン塾もそのときどきの流れで通った。

一日じゅう、休むひまもなく学校から塾へ、塾からまた違う塾へとばたばたと回りながら、子どもの教育に対する母の意欲はちょっと過剰だと思っていた。自分が学べなかった悲しみを、子どもたちに代わりに経験させることで満足させているんだな、と。でもいまになって考えてみると、母は単純に、子どもたちを安全に預けることのできるベビーシッターが必要だったのかもしれない。実際、わたしのピアノの実力や絵の実力が伸びることは母の眼中になかったようだ。

当時、店と家は五百メートルほど離れていた。朝九時から夜の十二時まで店につきっきりでないといけなかった母は、姉とわたしを店にずっと置いておくことも、両親のいない家に子どもたちだけでずっと残しておくこともできなかった。学校が終わって母の仕事がある程度片づく夜の八~九時まで、姉とわたしは塾で過ごした。それから姉とわたしが家にいるしかないときは、母はテレビのある寝室の鍵をかけた。姉とわたしはそれでもどうにかしてテレビを見るために、倉庫と繋がった寝室の窓を使ったり、母に隠れて合鍵を作ったり、あらゆる方法を試みた。鍵をかけるたびに母の対策は強固になり、姉とわたしの悪知恵は巧妙になっていった。寝室のドアは姉が中学に入学するまで固く閉ざされていた。

母は、テレビと同時に姉とわたしの遊び文化を断ち切った。はじめはコンギ（小石を使う韓国の伝統的な手遊

び。現在は一センチほどのプラスチック製の玉が一般的）だった。たくさんのコンギを床にばらまいてから一つ投げ上げ、投げたコンギが落ちてくる前に同じ色の石を集めて、落ちてきたコンギもキャッチする「色集め」という遊びが流行っていた。近所の友だちと家に集まって色集めをしようとしたのに、わたしの集めていたコンギがまるまる消え失せた。直感で、母が隠したとわかった。しばらく経ってから、寝室の洋服ダンスと壁のあいだの狭いすき間から見つかった。

　その次はファッション誌だった。姉は中学生になるやいなや、当時流行っていた『CeCi』『Cindy THE Perky』『流行通信』などのファッション誌を見はじめた。姉の真似をしてわたしも読んだ。姉とわたしは同じ部屋を使っていたのだが、父と母が家にいない時間を使って、部屋でこっそり雑誌を読んだ。ときどき母は気配も見せずに帰ってきては部屋のドアを急に開けた。そうするとわたしたちはものすごくびっくりして、雑誌を手にしたままで母の顔をじっと見た。雑誌はすぐさま押収された。

　母が雑誌を押収すると、父はマンガ本を押収した。姉とわたしは小さいころからマンガが好きだった。雑誌は有害だがマンガ本は一種の児童書みたいなものだと考えていた母とは違い、父にとってはマンガ本こそが子どもたちに悪影響を及ぼす有害なものだった。たぶん、雑誌からたくさんの「悪い」知識を得てきた母と、マンガ本からたくさんの「悪

い」知識を得てきた父の、経験の違いなんだろう。父がマンガ本を全部持ち出して燃やしたこともあった。子どもたちの教育に無関心だった父の見たことのない姿に、その日は姉もわたしも大きなショックを受けた。

中高生のころ、日が沈んでも帰宅しないと、母は店の配達用オートバイに乗って町中を探し回った。勘の鋭い母はわたしがどこにいるのかを大体「勘」で突き止めた。いつも母の手のひらの上にいるような気分だった。友だちだけで集まっているところに母が押し掛けると、仲間たちは明らかに居心地の悪そうなそぶりをしていた。

「ジェラ、ママが来るかもしれないからあんたはもう帰りなよ」

友だちはわたしに帰宅するよう促した。そうは言っても、わたしが両親の気を揉ませるほど外を遊びまわっていたわけではない。たいていは家にいることを楽しんでいたし、学校の長期休暇になったらひと月は家から出なかった。特に友だちが恋しくもなかった。小学生のころからはじまった両親の統制は中学生のころ最高潮に達し、姉とわたしが順に高校に入ると同時に収まった。入試という一大事を目前にして、遊ぶよりも勉強に自然と集中するようになり、特に母が干渉しなくても、やらなければならないことを自分で見つけてやるようになった。そういうふうに自分のことを統制できると思った。

だけど十九歳になって家を出ると同時に、外出が嫌いなのではなくて、わたしの外出を母が嫌っていたのだと気がついた。母が嫌がるから出かけなかっただけ、自発的に外出を禁じていたのだ。そんな状況だったわたしが大学に入って味わった自由は甘美で、統制が不可能になった。実際にいま考えてみると、それほど大層なものでもなかったのに、そのときのちょっとした逸脱が結局わたしを束縛するもう一つの足かせになった。

自己管理強迫

摂食障害はそれだけで発症せず、精神疾患を伴う場合が多い。うつ病、不安症、強迫症、アルコールや薬物依存、解離性障害、衝動制御障害などが代表的で、わたしはうつ病、不安症、強迫症の症状がひどかった。強迫症の場合、秩序への過度な執着、仕事中毒、完璧主義、潔癖症など、こまごまとした症状が現れた。通常、強迫症は成人期の初期にはじまると言われているが、わたしもそうだった。統制が強かった両親の下で幼少期と青少年期を過ごし、成人になって急に制限なしの自由が与えられることで、自分を統制するための

防御機構として強迫症が発動した。

十九歳になったのだから自分の人生に責任を持つようにと母が言った。責任という前提のもと、以前は経験してみることもできなかった自由が与えられた。ソウル市内の大学に合格したので、上京するやいなや入学もしないうちから明洞の大きな軽食店でアルバイトをしはじめた。母がくれる一週間五万ウォン（二〇〇四年当時、一万ウォンは約九七〇円）の小遣いでは交通費と食費をまかなうこともできなかった。服も化粧品も買いたいわたしにとってアルバイトは不可欠だったので、初めて自分で金を稼いだ。稼ぐのは決して簡単ではなかった。二〇〇四年当時、最低賃金は時給二五一〇ウォンで、平日の午後六時から十一時まで休まずに働いてもひと月にもらえるのは三十万ウォンにも満たなかった。

学期中にもアルバイトをしたので体はいつも疲れていたし、入学して出会った学科の同期たちよりもアルバイト先で親しくなった同年代たちのほうが一緒にいて楽だった。アルバイトの同期たちとは同じ苦労を乗り越えているという同志愛をわかちあった半面、大学の同期たちは学科成績という同じ目標をかかげて競っているライバルに近かった。少ないアルバイト代でバイト仲間と連れ立って遊びまわるのがとても楽しくて学校は後回しになった。家に帰るのが遅くても、講義をサボってもわたしに小言を言う人はいなかった。

最初の学期の最後のひと月はほとんど大学に出なかった。すでに三回以上欠席していたので、これ以上出ても意味がないと思っていた。学期が終わってしまうまで学科の同期たちとは親しくなれなかった。バイト仲間と遊ぶことは何か月もしないうちに興味がなくなった。若い男女の入り混じったグループには頭が痛い出来事が起きるもので、関係はたやすく緩んでしまった。そんななかで受け取ることになった成績票はわたしの人生における最初の失態であり失敗だった。わたしは最初の学期で大学から警告を受けた。

そうなって初めて、自分が何をやらかしたのか気がついた。やっとのことで合格して入った大学の最初のボタンを掛け違えてしまったと思って胸がどきっとした。わたしの大事な大学生活を、ひいてはこの先の人生を左右するかもしれない重要な時期を、わずかなお金や意味のない人間関係と交換したことを悔やんだ。

高校のときまではずっと、同年代に比べると成熟していて、何をするにしてもある程度の成果を出してきたわたしにとって、大学からの警告なんてあってはならない失敗だった。同期が皆卒業し就職するときにまだ学校に通わなければならないのはもちろんのこと、何百万ウォンもの学費を一学期ぶん余分に払わなくてはいけなかった。そのうえ、小中高と常に堂々と公開できる成績票を受け取ってきたので、警告はなおさら、母には絶対に言え

ない秘密だった。

だらだらと夏休みが過ぎ去り、二学期がはじまった。一学期のときにそれでも親しくしてくれた同期は自主退学してしまい、学科の同期たちはすでにある程度グループが出来上がっていた。それでも時間が経つにつれてわたしも少しずつグループに混ざっていった。アルバイトは辞めた。経済的には苦しかったが、母がくれる小遣いで我慢することにした。学科の特性上、課題が多かったので、一学期の成績を挽回するためには学生生活に集中しなくてはいけなかった。同期たちに比べて遅れをとり、これといって優れた頭脳や才能を持たないわたしにできる最善策は、ひとまず頑張ることだけだった。

学生生活を頑張ることとは別に、わたしの強迫は次第にひどくなった。特に、何もしない時間を我慢することができなかった。時間を捨てるようでもったいなかった。本を読むとか絵を描くとか、あるいは編み物をするとかちょっとしたアクセサリーを作るとか、たえず生産的な活動をしていないと安心できなかった。テレビを見るのは時間の無駄遣いで役に立たないことだと思えた。どんなことでも自己啓発の助けになる活動でなければいけなかった。少しでも怠けてきたと感じると罪悪感に苦しめられた。大学一年の一学期を失敗したということに対する罪悪感、だから勉強を一生懸命にしなければならないという圧

迫感。寝る間すら惜しくて「死ぬまで寝ない」と口ぐせのように言っていた。

そんなふうに、日々を常に緊張した状態で過ごしていたら副作用が出た。ずっと何かをしなくてはいけないとばかり言うわたしとは違って、わたしの脳は休みたがっていたのだ。摂食障害を患ってからは過食して吐き出す行為が一種の補償になった。わたしは摂食障害の患者だから過食の症状は不可抗力なんだと正当化した。過食をしてそれを吐き出すあいだだけが、課題と勉強への罪悪感を抱かずにいられる時間だった。だけどそれもしばらくのあいだで、わたしは過吐も完璧にしなければならないという強迫症患者になっていった。

秩序への執着

アメリカの画家、ジャクソン・ポロックが好きだ。オーストリア出身の画家、エゴン・シーレにも傾倒している。わたしが持つことのできないもの、ほかならない無秩序を彼らが持っているからだ。わたしは「形式的な」人間だ。周囲の物は秩序正しく整理されていなければならず、一日のスケジュールは必ず時間単位で計画的に組まれていなくてはなら

ない。そしてわたし自身の見た目も整っていなくてはならない。常にすっきりと、完璧に。もちろん最初からそうだったわけではない。

幼稚園に通っていたころだと思う。母の手に引かれて初めてアートスクールに行った。わたしは同年代の子たちに比べて絵を描くのが上手だった。姉は暗算塾で頭角を現したそうだ。幼い娘たちの才能を見出した瞬間、もしかしたら母の頭には「当たり」という単語が思い浮かんだんじゃないだろうか？　最初に行ったアートスクールで、わたしは青い海の上に白い高架道路を描き、ピンク、赤、青色の車を道路の上に描き出した。クレヨンでスケッチブックのざらざらした表面をこするのはわたしにとって楽しい遊びで、巧みに色で満たされた絵を完成させることは、それなりの達成感を得た。それから大学を卒業するまで矢継ぎ早に絵を描いた。

アートスクールには小学校のころずっと通って、中学校では朝の自習時間に美術室で絵を描いた。美術の先生が素質のある子を何人か選抜して朝の自習の代わりに絵を描かせていて、わたしもそのひとりだった。実際のところ、あのころは絵が好きだったというよりも「素質のある何人か」に選ばれ、そのうえ自習まで逃れることができるのが嬉しかったのだと思う。高校に入学してからは入試向けの美術を学びはじめ、なおいっそう本格的に

絵を描くことが好きなのかと問われると、正直言ってよくわからない。「絵」そのものより、絵を上手に描く「わたし」のことが好きだったのだと思う。勉強でも運動でも交友関係でも、大体は平均以上にこなせたが、絵はわたしを「ずば抜けた存在」にしてくれる才能だったのだ。

　大学に通いながらわたしの自我は一気に縮こまった。たとえ田舎で生まれたとしても小・中・高校時代に優秀な成績を維持し、学内での活動も活発にしてきたわたしに「インソウル」（ソウル市内の、を意味する）の大学入学は学生時代の画竜点睛のようなものだった。これまでそうだったように、わたしの前には「明るい未来」だけが広がっていると思いこんでいた。だが大学に来てみると、学生時代に学級委員を一度もしたことがない人なんていなかったし、みんな我こそはと思う役職に一つはついたことのある人ばかりだった。そのうえ外国で生活していたという人、両親が教師だという人、家がアパレル業をしているという人が、雑誌でしか見たことのなかったブランド品で全身を飾り立てていた。その反対に、わたしは田舎くささをとめどなく漂わせているうえに背も低く体格は丸々としている、運のいい随時入学生（韓国の大学入学制度の一つ。大学修学能力試験だけでなく、論文や内申書、実技等で合否が決まる）だった。大学に入学して大部分の新入生が一度は見舞われる通過儀礼が訪れた。自分が一番だと思っていたのに、同じく

らいできる子は世界のあちこちにいること、そのうえ自分よりも優秀な子も山ほどいるということを気づかされる瞬間。

わたしは衣装デザインを専攻した。わたしが通っていた学校は、一般的に実技の比重が高いほかの大学とは違い、実技試験がなくて大学修学能力試験のカットラインが高かった。実技はあまり準備できなかったけれど、ファッションデザインに焦がれた成績のいい子たちばかりが集まった。わたしたちの学科には個性的な絵を描く子がたくさんいた。授業は入試向け美術スタイルの典型的な絵よりも、別名「無意識ドローイング」という、少々独創的な絵を描くことのできるカリキュラムが特化されていることも特徴だった。多くの同期たちの絵はエゴン・シーレのドローイングに似ていた。当時はエゴン・シーレの人気が高かったからか、もしくはカリキュラムのせいなのかはわからないけれど、そのころのわたしたち学生の絵のあちこちには、彼のデッサンした鉛筆の線や歪曲した形が見受けられた。

絵には描いた人が表れてくるものだ。粗い筆タッチで描く人、整った線を引く人や配色が目立っている人も。だとすると、わたしは？　わたしの絵は削ったわが身を入れることで完成する労働集約型と言える。色付けに自信がないので点や線だけを使う点描を好んだ。

人はわたしの絵を見るとまず「うわ、完成させるのにどのくらいかかった？　きっと大変だったろうな」と言った。

明らかに平均よりは上だったけれど、だからといってものすごく特別というわけでもなかった美術の才能がきっかけで、わたしは人よりもうまくできることに集中できるようになり、執拗なまでに一つのことにのめり込むようになった。努力に加えてわたしの持つ執拗さは教授たちから認めてもらえる要因として働いた。絵はもちろん、パターン制作、裁断、縫製などすべての部分でわたしは自分の執拗さを武器にして作業をした。

お金がないせいで友だちに付き合うことも趣味を楽しむこともできないという状況は、学生生活にはむしろよかった。学校と家を往復して課題のことだけ考えた。おのずと時間と労力がたくさんかかる課題を作ることになった。講義の時間はいつも一番前に座った。教授の話に集中し積極的に講義に臨んだ。わたしがやった作業はいつも模範になり、なかにはわたしを補助講師だと思っている教授も何人かいた。前の席に座ったのでイラストやパターンなどの作業はすべて先生の視野に入り、わたしなりに教授の言わんとすることをよく理解してうまく作業を進めた。彼らの期待に添いたかった。もっと一生懸命やろうとし、同期たちに比べて難易度の高い作業に挑んだ。難しくてますます悩まなくてはいけな

いし、ますます時間をかけなくてはいけない作業にだ。課題に執着するようになった。課題という課題を完璧にやり遂げたかった。

その過程でわたしの意識は鋭くならざるを得なくなり、秩序への執着は手の施しようもないくらい酷《ひど》くなった。線一本を描くときだって、ほんのわずかでも曲がってはいけない。縫い目に自分で満足できるまで何度でもミシンをかけ直した。順序も変えてはいけない。うっかりして決められた手順から少しでも外れると、最初からやり直した。自分が決めたせせこましい型や秩序に囚われるようになった。

衣装デザイン科の同期の絵はやがて彼らのファッションスタイルにまで繋がっていった。整ったラインや筆のタッチを持たない同期たちは、服を着るときだって「フレンチシック」と呼んでいる、無理に飾り立てない粗野なお洒落《しゃれ》をし、整頓され節度ある絵を描く同期はメイクからアクセサリー、靴に至るまですべての調和がとれていた。わたしのファッションは絵と同じく労働集約型だった。生まれ持ったファッションセンスも、高価なブランドの服を買える経済力もなかったので、ファッションを文字で学び、廉価なブランドで少しでもよく見える服を選ぶことに努めた。多くの時間と努力を注いでも、わたしのファッションにはいつも何かが足りなかった。一生懸命に努力したのが見え見えなのがむしろ

わたしを田舎くさくして、そのことが新たなコンプレックスになった。お洒落をしすぎたような野暮ったさ。そうなると自然と白いTシャツにジーンズを身につけさえすればお洒落に見える体型の人が羨ましくなった。どんなに努力してもできないことを、痩せた体だけが解決してくれるような気がしたからだ。

わたしの過食症もまた同じだった。過吐をするときも自分だけの法則と秩序に執着した。食べ物を買うのにもわたしだけの法則があった。食べ物を買うときは、どうせ吐き出すんだと考えて、似たような味の食べ物のなかで一番安いものを選んだ。お金はあまりないので。それにいつも同じパターンで食べ、決まった時間（わたしの場合は一時間）が経ったら、胃がきれいになったと感じるまで何もかも吐き出した。

わたしのパターンはこうだ。まず、近いカテゴリーごとに食べ物を分けて、食べる順番を決める。はじめは、比較的カロリーが低くてかさばっていて、消化がはじまる前に吐き出せなくてもそれほど太らないものを主に食べる。わたしは主にトウモロコシを食べた。次はその日のメインメニューだ。通常、ソーセージやチキン、トッポッキ、ラーメンなどのカロリーが高くかさばるものを食べた。最後はカロリーが高くて少し食べただけでもす

ごく太るもの。菓子やパン、ケーキなどを主に食べるのだが、胃がぱんぱんになって、このままでは破裂するんじゃないかと思うまで詰め込む。合間に水分を摂取すると吐き出すのが楽だ。食べてすぐ吸収されるかもしれないカロリーの高い炭酸飲料は絶対に飲まない。口に入れることのできる飲料は水だけ。そうやって食道までぎっしり詰め込んだものを、食べて一時間経った瞬間に吐き出す。少しでも遅れると消化が始まってしまうからだ。最後に食べていたデザート類から、中盤に食べたもの、最初に食べていたトウモロコシが出てくるまで、食べていたものを一つひとつ目で確認しながら吐き出す。

何もかも吐き出すとひどくくたびれるので、じっと横になっていないといけない。しばらくして我に返り、「さっきまで何してたんだっけ？」と考える瞬間、ふたたび食べ物が思い浮かぶ。そうやって一時間も経たないうちに次の過食に食べるものを考えはじめる。悪循環のループはしばらく続いた。

痩せた体、もっと痩せた体

中・高校のときも外見に気を遣ってはいたけれど、大学に入学したら次元が違ってきた。学科の特性上、どうしても外見が評価される環境におかれる。衣装デザイン科は実習をする際は学生自身がモデル役を務める。パターン制作の授業は体のサイズを正確に測る方法を学ぶことからはじまる。各自が同期たちの助けを借りて、肩、腕の長さ、ウエスト、胸囲などを細かく計測し、自分の体にぴったり合うパターンを設計してそれをもとに一着を作るまで、一学期の授業で行う。講義中に寸法をとるのだから、どうしたって自分自身の寸法がことごとく露《あら》わになってしまう。

多様性を目指す現在の風潮とは違って、ほんの数年前までは、ファッション業界の求める美の基準といえばあからさまに許容範囲が狭くて典型的だった。豊かなバストにくびれた腰、女性用下着のブランド「ヴィクトリアズ・シークレット」スタイルのモデルのことだ。それ以外にも、デザイナーの哲学が反映された作品性のあるデザインを意味する「ハイファッション」を消化しなくてはならないモデルには、より高い美の物差しを突き付け

もした。こんなものを「美」と表現するべきなのかわからないけれど、長い手足に大きすぎない胸、細い腰、そして形のきれいな尻、おまけに幼く見えながらも上品な顔立ちまで。デザインと思想で見せる先進性とは違い、体型にだけは刃のような厳しさを求めた。この傾向はファッション業界を間接的に経験する大学の講義室でもあまり変わらなかった。

年配の教授たちは学生をモデルにして体のサイズを測る手本を見せつつ、「おいおい、君は若いのにこの腰回りはなんだ？ ちょっとは痩せろ」なんて言葉をなにげなく吐き捨てた。そのときは「そんな」時代だったので、教授の発言が悪意のこもった外見批判には聞こえなかった。「外見も競争力だ」という言葉が最初に使われた場所はきっとファッション業界だろう。「服のデザインをしているくせに自分のことは飾れないんだな」なんて言葉を聞かされるのは、業界の一員として恥ずかしいことだった。自分を飾ることは一種のセルフブランディングだ。それくらい、ファッション業界に従事する者はこの職業のプロフェッショナルに見えるよう、外見も装わなくてはならなかった。だから、外見に対する教授の指摘も、老婆心から出た言葉かと誰も変に思わなかった。さらには、デザイナーになりたいのなら体型の管理には特に気を遣わなくてはならないという決定的な理由になった。

衣装デザイン科を卒業したあとに選べる進路はイラストレーター、パタンナー、バイヤー、マーチャンダイザー、ビジュアルマーチャンダイザーなど、割と多様なほうだ。だが、学科名でわかるように、大部分の学生はファッションデザイナーを夢見てつらい実習や課題をやり遂げる。

当時は（いまも似たようなものだと思うけれど）デザイナーを夢見ている学生たちのほとんどがアパレルメーカーのデザインチームの新人になり、フィッティングモデルの仕事からはじめる。学科の成績とは関係なしに、背が高くて既成服のもっとも一般的な五十五サイズを着る同期たちがまず就職するのはそんな理由からだった。背が高くてほっそりした同期たちは、卒業する前から卒業生や講師の紹介でアパレルメーカーのフィッティングモデルとしてアルバイトをしていた。背が高くてほっそりした体型、それこそわたしの羨望の対象だった。百五十五センチにも満たない背丈にぽっちゃりした体型は、ファッションデザイナーとして就職するにはその資格があまりにも大きく欠けていたのだ。丸々としていたらデザイナーになれないかもしれないという不安に悩まされた。ダイエットにより執着するようになった。

体重を落としてから、ときどき痩せたねと言われた。毎回ものすごく気分がよかった。

ところが、衣装デザイン科の特性で同期全員がファッションや外見への関心が高いため、彼らのほとんどがほっそりしていた。わたしがどんなに体重を落としても、彼らの間で痩せたことはわたしの長所にはならなかった。だけど、その程度だとしても、自分が彼らと同じ部類、同じグループに属しているという安心感を得るには充分だった。

わたしはダルマエナガ（スズメ目の鳥類）だった。ことわざにあるみたいに、大きくて脚の長いコウノトリの歩き方を真似して無理に歩いたせいで股が裂ける小さなダルマエナガ。コウノトリになりたくて体重を落とした。努力した。外見はコウノトリに近づいたかもしれないけれど、わたしの内面はやっぱりダルマエナガだった。劣等感は外見で克服できるわけではなかった。ずっとずっと否定してきたけれど、結局わたしはダルマエナガで、股が裂けてきているということにも気づけなかった。

雑誌のなかの世界が好きだった。雑誌にはわたしが夢見る未来があった。華やかなファッションショーのステージや洒落たファッショングラビア、物欲を刺激するトレンドの新製品の数々、そして先進的な思想を持った素敵な人たちのインタビューまで。わたしの小さな世界とは違って、雑誌のなかには世界的に活躍しているかっこいい人たちがいた。す

ぐにでもそんな人になって世界を飛び回って仕事をしたかった。

雑誌に登場する人たちはわたしのロールモデルになった。自身の分野で名を馳せている人たち、年は若いけれど天才的な才能で世界の注目を浴びている人たち、自分の家を美しくて上品なものでいっぱいにして、その場所でカメラのレンズを見てほほ笑む人たち、華やかに着飾って幸せそうな表情でクラブを渡り歩く人たち。いわゆる「ファッショニスタ」と呼ばれる彼らにとって内面と外見は同一のものだった。ファッションは姿かたちで内面を表現する道具であるからこそ、ファッションの世界で容姿を重要視することが容認された。法曹界が正義を追求し、企業が利益を追求するように、美しさを追求する。この業界では美しさがもっとも大きな美徳だ。そして魅力は彼らの資本だった。美しさに惹かれることが人間の生まれ持った性質の一つなのだとしたら、この本性を最優先だと考える人の集まる場所がまさにファッション業界だった。

小学生のころ、初めて雑誌を手に入れてからというもの、高校生のころは毎月一、二冊のファッション雑誌を熟読した。自我が満足に形成されてもいないうちからファッション業界が求めている極端な美意識が自然とわたしに注ぎ込まれた。大学にきてからは資料収集の一環として毎月五、六冊の雑誌を買い込んだ。このころの雑誌はわたしにとって聖書

のようなものだった。

すべての女性誌の根幹は「女性は美しい」から出発していたのだろう。でもその美しさには条件があった。「すべての女性は美しい」「他人の視線に束縛されるな」「わたしらしく行動しよう」「自分のことを愛そう」と言うすべての雑誌が、体型に関してだけは偏った視野で見ていた。女は細くなければいけないという狭い視野。

雑誌のグラビアを飾り、ファッションショーでランウェイに立つモデルは、身長に対して体重がとんでもなく軽かった。モデルが痩せさえすれば服が引き立つからららしい。さらに要求されるもう一点は西欧人の比率、いわゆる「プロポーション」だ。西洋人に比べて相対的に腰が長く足が短い東洋人モデルは、身体的な違いを克服するために極端に体重を落とした。わたしはひたすらこういう美意識に晒されて、自分の身体的コンプレックスを克服して少しでも「着こなし上手」な体になるために、無条件に痩せなければならないという考えを持つようになった。

わたしが大学に通っていた二〇〇〇年代中盤は、すべての世代が極端に痩せた体型を好む雰囲気だった。「スキニー」という言葉がファッション業界で使われはじめた時期でもある。痩せこけたモデルのケイト・モスが世界的な人気を得て、フランスの有名なファッ

ションデザイナーでありスキニズムの創始者と言えるエディ・スリマンがデザインしたディオール・オムの細身のメンズ服が世界のファッションを先導した。ファッション雑誌には「thin（痩せている）」では描写しきれない、極端に痩せた体型を説明する単語が必要になった。いまは亡きシャネルの前所属デザイナー、カール・ラガーフェルドが、エディ・スリマンのディオール・オムを着るために七十歳にして四十キロ以上の減量をしたことは、ファッション業界では有名な逸話だ。当時、このような痩せこけた体型がどんな波紋を起こしたか推測できる話でもある。このころを起点に、辞書でも、痩せこけて見るに堪えない体型を意味していたスキニーは、痩せた体型を称賛する肯定的な単語に変貌した。

ほっそりした体はそれより前から好まれてきたけれど、極度に痩せこけた体型になりたい人のために雑誌はいつになく多くのダイエットの記事を掲載した。家でできる運動の方法から単品ダイエットにいい食品、脂肪分解注射、脂肪吸引手術、食べたものをすべて排出させるというダイエット薬に至るまで、体重を落とすあらゆる方法が、雑誌のページ数のうちかなりの部分を占めていた。ケイト・モスが体重を維持しようとヘビースモーカーになったことがメイン記事として掲載されたくらいだった。

ファッショングラビアはモデルたちの体型をより痩せて見せるために補正するのをため

らわなかった。フィルムカメラからデジタルカメラへの転換が起きていたころだった。デジタルカメラで撮影するようになって、フィルムカメラのグラビアでは具現化できなかった補正作業への需要が高まった。どのファッションブランドも、広告モデルが少しでも痩せてほしいと願い、修正が原因で不自然な体型になってしまい、広告がかえって売り上げに悪影響を及ぼすという笑えない事態が起きたりもした。スキニージーンズが世界的なブームだったために足を細く長く見せる補正が目立って多く、いまでも一部のジーンズブランドではそのような補正を特徴として使用してもいる。

ファッション雑誌に掲載された内容はファッション業界の記者たちが話していることで、業界を代弁する言葉ともいえる。ファッション業界はそれほどに見た目に厳しい世界だった。その世界に無事に落ち着くために、外見を整えることにわたしは全力を尽くした。

業界の人たちは特に体型に敏感だ。整っていない顔は「個性」になれるが、丸々とした体型は「怠惰」の結果と考える。この業界にいながら見た目を整えていないということは、自らのイメージを作り上げる実力がなく、プロフェッショナルらしくできない、そういう姿勢に受け取られた。わたしはファッション雑誌で理想的と言っている外見にならなくてはいけなかった。それは単にきれいになりたいという願い以上の、就職準備であり生存戦

略だった。

うつ病の洞窟のなかで

過食症を発症して一年間はずっと地面にめり込んでいるような気分だった。不思議の国のアリスのようにウサギ穴に落とされて知らない世界に転がり込んだみたいだった。怖かった。けれど、わたしが転がり落ちたウサギ穴には知らない世界も出口もなかった。ひたすら底に向かって墜落していく感じがするだけだった。体は水に濡れた綿のように重たく、頭は霧がかかったようにはっきりしなかった。どんな感情もろくに感じなかった。

食欲がわたしのなかの森を食い荒らしたあと、持っていたほかの感情たち、つまり幸せ、喜び、悲しみ、怒りなどはすべていなくなってしまった。食べ物への欲求以外は何も感じることができなかった。悲しい映画を見ても、笑えるバラエティー番組を見ても、甘ったるい恋愛マンガを読んでも、わたしのなかではなんの波動も起きなかった。そのせいか、たいがいぼうっとしていた。ソファに寄りかかって虚空を見ていることが多かった。いま

でもあのころを思い返してみると、まず頭に浮かぶのはいつも寄りかかっていた赤いソファと、そこから見ていた天井の光景だ。何もかもが手に負えないので、じっと座って休みたいとだけ思っていた。ほんの少しの外出すら太刀打ちできなくて、帰宅してから一日じゅう寝てないといけなかった。超節食による体力低下のせいだと当時は思っていた。なんの意欲も湧かなかったのは自分の状況についても同じだった。どうしてこんな病気になったのか、どうしてわたしだけがこんな苦しいのか、これといって疑問に思わなかった。ただ漠然と「こんな生活はやめなきゃいけないのに」とだけ思っていた。

もちろん、本当に何もしなかったわけではない。他人がわたしの病気を嗅ぎつけることができない程度の生活は続けた。たまには友だちと会っておしゃべりをし、映画を見た。好きなマンガや小説も読んだ。でもそれは単なる行動でしかなかった。口では話をし、目では映画のなかの主人公を追いかけた。マンガのなかのフキダシを読み、小説の主人公の意識をたどった。けれどどんな行動をとっても思考はただ一つの場所に向いていた。食べ物だ。自分が食べていたものや食べたいもののこと。わたしの意思とは関係なしに、食べ物に関する考えが思考のなかでいつだってもぞもぞと枝を広げて染み出した。

食べ物の考えが枝を張り巡らすあいだにわたしは枝がそれ以上伸びないようにしようと

努力した。抑えつけてみようとした。こんなニセモノの食欲には打ち勝たなくちゃいけない、これくらいは自分で制御できなきゃいけないと。苦しい戦いが続いた。「食べたい！」「ダメ！」「食べたいんだってば！」「ダメなんだってば！」。二つの心がずっと争っているあいだにくたびれてしまった。けんかを続けていくうちに、わたしはひどく弱っていった。「こんなふうに争って疲れるくらいならいっそ食べてしまおう」。結局何もかもやめてスーパーに向かった。過吐の準備をするために。そして、食べたら気持ちは落ち着いただろうか？　もちろん違う。食べてしまってからも食べ物に関する考えはなくならなかった。食べたことを後悔するからだ。

すでに食べたものは感情の領域で、これから食べたいものは欲求の領域だ。食べたものはわたしの感情を支配し、食べたいものはわたしの欲求を支配した。食べたものから不安が生まれ、食べたいものからは貪欲が生まれてきた。そしてこの二つはわたしが二十歳のときに唯一抱いていた感情であり、欲求だった。

衝動に勝つことができなくて食べると、太るかもしれないと恐れる気持ちが湧いた。一度不安が押し寄せてくるとなかなか止められなかった。同時に理性的な思考は麻痺した。どんな考えも耳に入らずにただ太ることへの不安にとらわれて苛立った。息苦しくなり、

鼓動が早まった。過吐を一週間に一、二度していたころ、ある瞬間から毎食とるごとにそんな不安症に見舞われた。一般食を少量だけ食べるときも、そのたびに吐き出したくなってしまい、そうしているうちにふと、どうせ吐くんだし食べたいものを全部食べちゃおう、という自暴自棄な考えに陥った。そうやって過吐する頻度が高くなってゆき、最終的には毎食ごとに過吐をするところまでいってしまった。

憂うつと不安のあいだにほかの感情や欲求が割り込んでくる隙間はなかった。ほかのことをしていても急に「さっき食べたのって何キロカロリーだっけ？　あんなにたくさん食べるんじゃなかった。太ったらどうしよう？　それにしてもチキンが食べたいなあ。チキン食べようかな？」という方向に意識が流れる。こんな強烈な意識の流れのせいで、自分がうつ病なのかさえ気づけなかった。

精神科に初めて行った日に受けたうつ病のテスト用紙はずっしりと重かった。項目が多すぎて病院では全部を埋めることができず、家に持って帰らなくてはいけなかった。帰る道すがら、紙束の重みがまるでわたしの病気の重さのように感じた。家に向かうあいだに少しずつ重くなってわたしを押さえつけた。疲れ切った体で家に着いて、二時間ほどで白

い紙にぎっしり並んだ項目を片づけた。答えるのが簡単な項目も、悩まないといけない項目もあった。意図を把握することのできる項目も、曖昧な項目もあった。でもすべての項目に正直に答えるため最善を尽くした。

一週間が経って、検査結果を受け取った医師は驚いた様子だった。「うつ病の患者のなかでもこれほどの数値は深刻なレベルです」。

検査の結果、うつ病の段階でも危険なレベルだった。結果とは違って、表向きのわたしは明るく積極的だった。摂食障害を患っているとは、うつ病に苦しめられているとは信じられないくらいだったので、医師はさらに驚いていた。検査結果に医師よりも驚いたのがわたしだった。自分では特に憂うつさを感じていなかったからだ。検査結果を直接聞いてようやく、うつ病患者になった。うつ病という診断が下った瞬間、急にどうしようもなく憂うつが押し寄せてきた。このとき初めて、わたしのなかで多くのものが消えてしまったという事実に気づいた。

潔癖症のせいで

摂食障害の患者のほとんどが、家族に促されて病院に行くようになるそうだ。「引きずられて行く」のほうがより正確な表現だと思う。でも、わたしは自分の足で病院を訪れた。治療しなければと決心した最終的な理由は、わたしにとってもう一つの強迫である潔癖症のせいだった。小学生のときから主婦湿疹があった。手を洗いすぎていて、なおかつ保湿を十分にしないとできるものだ。家事もしていない小学生の指の皮膚が全部ひび割れてしまうくらいだった。メディアでもそうだが、親たちも手洗いの大切さをいつも強調していないだろうか。そのせいか、幼いころから細菌に対する強迫症のようなものが生じていて、何かを触ったら手を洗わなければ気がすまなかった。

潔癖症というと、バラエティー番組でよく見るように、人よりも整理整頓や清潔なことに執着して、物の角を揃えたりひっきりなしに掃除をしたりする芸能人の姿が頭に浮かぶかもしれないが、わたしの場合は少し違った。皮肉なことに、掃除という行為そのものが、細菌のかたまりと接触しなければならない汚いものに感じた。家のなかで汚れていない、

清潔な一か所を決めてそこから動かず、何にも手を触れなかった。それがわたしの症状だった。

もちろん家でそうしているのはとても極端な場合で、わたしも平凡な生活者だから掃除もするし、地下鉄にも乗るし、他人の手跡まみれのドアノブも触れる。だけどそのたびに重い石が胸に一つずつ載せられていくようだった。早く洗い流さなければならなかった。地下鉄やバスのつり革、エレベーターのボタン、食堂の出入り口など、この世のすべてが細菌に思えた。満員のバスや劇場など、たくさんの人が集まる場所では人の息遣いさえも気持ち悪く感じたので、人の群がるところにはなるべく行かなかった。汚いものに一度触れてしまうと、その残像がずっと頭のなかをぐるぐる回って胸を押さえつけた。

ダイエットをしている人の多くが慢性的な便秘になるが、わたしもまたひどい便秘に苦しんだ。過食症で病院を訪ねたとき、食べたものが少なすぎる場合は便が出なくてもさほど問題ではないと担当医は言っていた。それを聞いてすぐ便秘に関する不安がなくなった。便意がなくなるほどだった。便をする行為そのものはもちろん、汚い便がわたしの体のなかにあったという事実やそれを排出する過程まで、すべてがひどく汚く感じた。ましてや食べたものを吐き出さなければならない行為はどうだったんだろうか。

わたしは便器に嘔吐できなかった。わたしにとって便器は絶対に触ってはいけない汚い存在だったので、そこに顔をうずめて嘔吐するのはありえない行為だった。だから嘔吐専用の洗面器を用意して、そこにすべて吐いてから吐瀉物《としゃぶつ》を便器に流した。のちに吐瀉物の入った洗面器に顔をあてることすら気持ち悪く感じたので、浴室の排水口に嘔吐してシャワーで吐瀉物を流した。そうしてすぐさまシャワーを浴びなければならなかった。わたしの過吐は家でしかできなかった。

過食症を患っている患者たちは、食べ物を前にすると場所も時間も関係なしに自制心を失ってしまう場合が多いけれど、わたしの場合は公衆便所の、それも便器には絶対に嘔吐できないので、家の外で過食するのは不可能だった。たまに外で過食したこともあったけれど、そんなときはすぐに家に戻って嘔吐した。でも家まで戻るあいだに消化がすでにはじまるから、食べたものを全部出すことができないという不安に繰り返し襲われ、それさえもできなくなった。過食症がもっともひどかったときは一日に四、五度の過吐をした。大学二年の二学期中だったけれど、過吐をするために家にいなくてはならず、学校にだんだん行かなくなった。

過食をして食べたものを全部吐き出すと、すべてのエネルギーが消耗し尽くされてしま

い、何もできなくなる。意欲がマイナスになってしまう。過食をする前に、食べて吐いて何時に向かえば学校に間に合うと計画まで立てたけれど、いざ過吐をしたら学校に行く意欲が完全になくなっていた。動くのさえもつらかった。そうやって一、二度欠席したのが三度になり四度になった。学校へ向かう道があまりにも遠く感じられた。学校に行かない日は一日じゅう食べて吐くことだけを繰り返した。

多くの過食症患者が、嘔吐の繰り返しが原因で起こる合併症に苦しんでいるという。胃液の逆流のせいで起きる歯の腐食や気管支の腫れ、消化不良、無月経など、さまざまな身体的症状をもたらす。もしこういった病状が出ていたら、不安になってもっと早く治療をはじめていたかもしれない。だけどわたしには嘔吐をするときに顔の毛細血管が切れる以外は、特に合併症がなかった。それさえも二〜三日経つときれいになくなった。

この行為すべてが間違っていると自分でもわかっていた。人生をゴミ箱に捨てている、いますぐやめなくてはいけないと、過吐をするたびに思っていた。嘔吐しながらも、吐瀉物がのどまで上がってくるたび「わたしは一体何をしてるんだろう。望んだのはこんなことじゃなかったのに」と思うばかりだった。過食をするときは毎回「これが最後だ。もう二度とやらないようにする」と誓った。過食症がひどくなると、どうして体重を落とした

かったのかすらもわからなくなっていた。それでもやめることのできない自分が耐えられなかった。すべてがただ苦しかった。

そうやってまた過吐をしていたある日、自分がちょっと前まで口のなかに押し込んでいた食べ物の吐瀉物が目に入った。汚かった。それを吐き出した自分のことを汚く感じた。わたしがまさに吐瀉物そのものだった。顔を上げた。鏡のなかには口の周りに吐瀉物をくっつけたままで瞳孔が開いた人間がいた。それがわたしだった。

もう少しましな自分になりたかっただけ

わたしはいつも目立つ子どもだった。正しくは目立ちたがりの子どもだった。だから授業中によく答えたし、質問もたくさんした。毎学期のクラス委員長選挙に出た。何度かクラス委員長にもなった。クラブ活動、放課後の活動も一生懸命して、高校生のときは先導部（学生たちの規律ある生活のために先導や案内をする部署）の活動、学生会活動も一生懸命やった。全校の副会長にもなった。成績や学校生活は努力しただけの結果を出せた。わたしは活発でおしゃべりで、いつでも

場の空気をリードした。成績もいつも上位圏だった。

　だが人の心を得るのはいつも難しい。好きな子ができると誠意を尽くして気持ちを伝えた。手紙を書き、プレゼントを用意した。かなり手の込んだプレゼントだ。手作りのチョコレートや手編みのマフラーのような、時間や気持ちを込めたもの。だけど相手の感情はわたしの努力とは別だった。わたしの熱烈な愛情攻勢にもかかわらず、好きな子がわたしではなくほかのきれいな子を好きという事例を何度か経験するやいなや、すべての原因は自分がかわいくないからだと判断した。一生懸命気持ちを伝えても好きな子の気持ちがこっちを向かないのはすべて、自分がぶさいくで丸々としているからだという思いが強まった。非の打ち所のないわたしにたった一つ不足しているのは、まさにきれいな外見とすらりとした体型、つまり見た目だった。

　高校生のころ二重《ふたえ》手術を受けた。インターネットに飛び交う芸能人の整形前後の写真を見て、それこそ二重さえあれば美人になれると思った。テレビで放送している、人やものを変化させてビフォー・アフターを見せる番組のように、整形手術さえすれば、みにくいアヒルの子から白鳥になると。だけど、二重手術ではただまぶたにしわが一つできただけで、手術後も外見はそれほど変わらなかった。高校時代のわたしは「二重手術をしてきれ

いになった子」ではなく、「二重手術をした子」とだけ言われた。それだけだった。体重を落としたといって外見に大きな変化が生まれるとまでは期待していなかった。ただ、いまのわたしよりは少しでもましな自分になりたかった。それだけでいいと思っていた。

大学に入学してからは、人の心を得ることだけではなく、ほかにもいろいろなことで努力に見合う結果が出なかった。懸命に勉強すれば成績が上がり、懸命に絵を描けば褒めてもらえた中・高校時代と違って、大学での成績はどんなに努力しても平均Bになるのが難しかったし、絵をうまく描く人は山ほどいた。

友だち付き合いも簡単ではなかった。小学校、中学校、高校が一つずつしかない小さな集落で育ったわたしにとって、友だちのほとんどが幼稚園のころから付き合ってきた幼なじみだった。友だちとうまくやってきたために、大学に入学して初めて、見知らぬ人だけで構成された集団に入ることになったときに、ひと言発するのも大変だったという経験は、大きな衝撃だった。十九歳にして初めて、自分が人見知りだと気がついた。

時間が経つほど彼らのなかでリラックスするのではなく、むしろもっと臆病に、閉鎖的になった。一緒に授業を聞き、課題をすることで物理的な距離は近づいていったけれど、心まで近づくことはできなかった。同期たちのなかにいると絶えず不安で落ち着かなかっ

た。顔色をうかがった。空回りしている気がした。

わたしと同じように人見知りでも、美人でほっそりした子の周りには自然と人が集まった。口数が少なくおとなしい性格は、その子をさらに魅力的にした。やっぱりすべてはわたしがぶさいくで丸々としているからなんだと思った。同期たちは皆キラキラしてみえた。わたしは勉強もできないし痩せてもいない。同期たちの友だちでいる資格がない。彼らの堂々とした態度や自信はすべて、あのほっそりした体型ときれいな外見からきているのだと思った。わたしは次第に、すべての問題の原因を外見から探すようになった。性格の問題には悩むことのないまま、外見のせいにばかりした。体型が変われば性格も変わり、人生も変わっていくかもしれないと信じるようになった。

体重を落としさえすればいい。なんとしても。何をしてもわたしの思い通りにならない状況にあって、体型だけは自分の意思で変えることのできる唯一の選択肢だった。いや、当時はそう信じていた。ある有名なモデルが言ってなかっただろうか、「この世のどんなものもわたしの思い通りにならないけれど、体は自分の意志で変えることができる」と。でも、単に体重を落としたからといって、わたしが突如絶世の美女に生まれ変わるなんて期待ははじめからしていなかった。

アニータ・ジョンストンは著書のなかで、彼女が会った摂食障害の患者たちは飛び抜けて面倒な性格だったり反抗的だったりする人たちではなかった、むしろ何名かは、摂食障害を患っていない人たちよりも賢くて才能があり、独創的だったと話している。しかし残念なことに、彼らは自分のことを能力がなくみすぼらしくて面白みのない人だと思っていたそうだ。

ジョンストンの言葉の通り、わたしは賢くて才能があり、独創的な子どもだった。そして自分は能力がなくみすぼらしくて面白みのない人間だと思っていた。自分に対する価値判断の基準がひたすら外見のみだったせいだ。どんなに色々な才能や魅力があるかは重要ではなかった。きれいな顔とほっそりした体型だけが、わたしが他人に認めてもらえる唯一の手段だったのだから。

第三章

美しい体って誰が決めるの

鏡のなかのわたし、写真のなかのわたし

ポータルサイトで「摂食障害」と検索すると、鏡の前に立った女性のイメージがよく出てくる。鏡のなかの丸々とした女性と、鏡の前に立っている骨と皮ばかりになった女性。そんなステレオタイプが嫌だった。「わたしはそうじゃない」と言いたい気持ちと、事実だと認める気持ちが同時に湧いて混乱した。

小学校低学年のころ、いまとなってはタイトルも思い出せないホラー映画に鏡のお化けが出ていた。目には見えないのに鏡にはそのお化けの姿が映るという場面。とても怖かった。鏡恐怖症になった。鏡を見ると、自分を見るのではなく、お化けが映っているのではということにばかり気をとられた。特にトイレは一番恐ろしい空間だった。鏡恐怖症がなくなるまで実に数年の時間を要した。だからだろうか。鏡を怖がって自分の姿を見ていないうちに、わたしはだいぶ変わっていた。

鏡恐怖症になる前、鏡のなかのわたしの姿は間違いなくきれいだった。鏡を見て「あなたはどうしてこんなにきれいなの」と思ったことだって何度もあった。なのに、もう一度

見てみたら、きれいだったわたしではなく、ぶさいくなわたしがいた。鏡を見ないとぶさいくになるの？　でもそんな期間は長くなかった。すぐまた鏡のなかの自分がきれいに見えた。いまになって考えてみると、自己愛だったんだと思う。堅固な自己愛を崩したのはほかでもない、写真だった。

中学校のころ、いつも制服ばかり着ていたわたしたちにとって、遠足の日は特別だった。私服を着ることができたからだ。この機会を逃せないわたしと友だちは、何か月か貯めた小遣いを持って近くの街でショッピングをした。ほとんどの子は当時人気だったガールズグループのファッションを真似した。わたしは黄色い半袖セーターを着て、白いスカートの上から裾がシースルーになったスカートを重ね履きし、ルーズソックスを合わせて、精一杯のお洒落をした。

一九九〇年代後半はデジタルカメラが大衆化する前なので、家からフィルムカメラを持っていくか、使い捨てのフィルムカメラを使った。いまもそうだが、そのころもみんな写真を撮ることに余念がなかった。もちろんわたしも。家のカメラを持ってゆき、友だちと三々五々集まってはあちこちで写真を撮った。フィルムカメラはプリントするまで写真を確認できない。フィルム一本で撮影できるのは二十四枚もしくは三十六枚で、いまみたい

にうまく撮れるまで何十枚も撮ったり、うまく撮れなかった写真をすぐ削除したりもできなかった。遠足のときに撮った写真を現像するためにフィルムを写真館に預けた。数日待って写真を手にして衝撃を受けた。写真のなかのわたしは鏡のなかのわたしの姿ではなかった。写真にはわたしの知らないぶさいくで丸々とした女の子がいた。丸々とした体にかかる白いスカートとルーズソックスがとにかく恥ずかしかった。

たぶん幼いころに、きれいだという言葉を（社交辞令だろうけれど）人からしょっちゅう言われたせいに違いないけれど、自分はきれいだとずっと思っていた。本当に。思春期に入って体重が増えていっても、自分はきれいだと思っていた。それくらい自己愛が強かった。中学二年生の春、遠足で撮った写真を確認して、わたしは深刻なまでに自分がぶさいくだと感じた。小学校のときに少しだけ感じた感情とは違った。それから写真を撮ることを嫌がるようになった。そしてダイエットを宣言した。でも食べっぷりのいい思春期に体重を落とすのは決して簡単ではなかった。休み時間のたびに友だちと一緒に行っていた売店や、夜間の自主学習の時間に食べる夜食など、食べ物の誘惑から逃れることはできなかった。そうやって中学二年生から高校卒業までずっとダイエット中だったのに、たったの一キロも減らず、わたしはそのまま大学へ進学した。

大学に入学してすぐにデジタルカメラブームが起きた。当時の人気俳優が、デジタルカメラでの写真撮影が趣味だと紹介してから、特に女性の間で写真撮影が魅力的な趣味のお手本になった。超節食でダイエットに成功してから、デジタルカメラを買った。どこに行くにもデジタルカメラと一緒だった。展示会やカフェに行くときも、実際は写真を撮るのが目的だった。写真のなかの自分が好きになった。自分の写真を見てると時間が過ぎるのも忘れた。何十枚のなかから一枚を選んでＳＮＳにあげると、フォロワーの反応を待った。

自撮り写真もきれいだし、ひとりで遠くをじっと見つめている写真も気に入っていた。問題は誰かと一緒に撮った写真で発生した。わたしがきれいなのはひとりで撮った写真限定だった。大学の同期の横に座ってレンズを見つめているのは、わたしの知っているわたしではなかった。相変わらずぶさいくなわたしが同期の横でぎこちない笑みを浮かべていた。自然に他人との見た目を比較するようになった。わたしはまた写真を撮るのをやめた。写真のなかで誰かの横にいるわたしと対面する自信がなかった。

もう一度鏡を見た。幼いころに映画で見た鏡のお化けはもういなかったけれど、代わりにほかのものがあった。わたしが決めた美の基準だ。それはわたしが鏡を見るたびにわたしの横に並んで立ち、わたしのことをせせら笑った。「でぶ」「その尻はなんなの」「二の

腕の肉はどうするわけ?」「ぶさいく」。基準はその時ごとに変わった。「頬がちょっと丸くなったよね?」「腰にちょっと肉がついたんじゃない?」「なんでまたそんなに食べるの?」「鼻がもうちょっと高いといいんじゃない?」「最近は目じりをいじるのが流行りよ」。戦争がはじまった。鏡のなかのわたしとの戦争。終わりなき戦争。

オルセン姉妹とニコール・リッチー

ダイアナ・スペンサーがイギリスの皇太子妃になり、世間の関心を浴びるようになったころと時を同じくして、カメラ制作技術が飛躍的に上がり、この恩恵を受けてパパラッチの歴史がはじまった。「悲運の皇太子妃」という修飾語がついてまわるダイアナは、結局パパラッチの襲撃を避けようとして事故に遭《あ》い、亡くなった。チャールズ皇太子との出会いから二十年近い歳月、パパラッチは執拗なまでにダイアナを追いかけた。彼女の写真一枚でメディアからかなりの額を受け取ることができたためだ。

以降、スターたちのプライベートを撮ったパパラッチ写真はタブロイド紙に高い金額で

取り引きされ、これはすぐさま「売れる記事」になった。大衆はパパラッチ写真のなかのスターたちに熱狂した。プライベートに憧れてファッションを真似た。写真の波及効果は大きくなり、スターたちはプライベートでもスタイリストを雇い、ブランドはこれを広告に活用した。近年流行している「アイドル出勤ファッション」「空港ファッション」という名前で訴求される広告方式のはじまりと言える。

過食症がはじまったころ、ハリウッドパパラッチの写真に写っていたファッションが世界的に流行した。歌手や俳優といった芸能人でなくても、単純に有名だという理由だけでパパラッチに撮られる人たちが生まれた。彼らは「セレブリティ」という新たな階級を作り出し、メディアを席巻した。なかでもオルセン姉妹とニコール・リッチーは、当時パパラッチ写真でタブロイド紙を飾るお得意様だった。

オルセン姉妹と呼ばれているメアリー＝ケイト・オルセンとアシュレー・オルセンは双子の姉妹だ。幼いころハリウッド映画にコンビで登場し人気になった。それから、ハリウッド子役出身の俳優たちがそうであるように、十代から二十代になろうという時期の奇行や外見の変化でふたたび注目を浴びた。奇行といっても実際はパーティーでの乱闘やボーイフレンドとの愛情表現といったかわいいものだった。だけど外見の変化は違った。

彼女たちはまるで拒食症の患者みたいに痩せ細っていった。かわいいだけの外見は嫌だと言わんばかりに乳房の肉を落としたかと思うと、少しずつ痩せ衰えていった。彼女たちを追いかける少女ファンが多いだけに憂慮する声が上がり、あらゆるタブロイド紙に彼女たちの体重を推測する記事があふれた。そして雑誌のなかの彼女たちと並んで名前が挙がっていたもうひとりが、ほかでもないニコール・リッチーだ。

ニコール・リッチーはアメリカの有名作曲家ライオネル・リッチーの娘だが、世界的ホテルチェーン「ヒルトン」の孫娘パリス・ヒルトンの友だちとしてのほうが有名だ。二人が一緒にリアリティ番組に出演してそう話したからだ。モデルのように背が高く痩せこけたパリス・ヒルトンとは違い、背が低くて丸々とした体格だったニコール・リッチーは当然のようにパリス・ヒルトンと比較される対象になった。番組が終わってしばらく経ってからパパラッチ写真に登場したニコール・リッチーは、本当に痩せて死んでしまうのではと心配になるほど痩せこけた状態だった。骨に皮膚がようやくくっついていた。オルセン姉妹とニコール・リッチー、メディアが憂慮しながらも記事を広めた彼らは、当時のわたしの憧れの的だった。

彼らはどうしてあんなに痩せなくてはならなかったんだろう？　オルセン姉妹やニコー

ル・リッチーのほかにも、当時ハリウッドの二十代の俳優たちの多くは、誰がもっと痩せられるかバトルでもしているみたいに痩せていった。二〇〇〇年代のはじめは韓国でもモデル出身の俳優たちが人気を博していて、彼らの体型はほっそりした芸能人のなかでもより痩せているほうだった。ダイエットの秘訣を訊ねた雑誌のインタビューで、彼らが「もともと食べるのが好きじゃないんです。面倒なので」と答えているのを見ると、彼らのそんな嗜好が羨ましくもあり、食欲が旺盛なわたしが間違っているように感じたりもした。

若い女性の間では、食べることを面倒がる彼らのスタイルをクールに感じて真似する人も多かった。いまになって思うとプロアナ族だった。ハリウッドのタブロイド紙も、痩せたスターたちの摂食障害を心配するふりをしながら、彼らの痩せた体をばかでかく掲載し話題にした。一見すると違う性格の記事に見えるけれど、痩せた芸能人のダイエットの秘訣を聞いた国内の雑誌と属性は同じだった。

出処のわからない「標準体重」や「美容体重」がインターネットに出回っているけれど、理想的だと感じる体型の基準は人によってそれぞれ違うものだ。わたしにとっての基準は「骨」だった。痩せて骨の形が浮き出ていること。それがわたしの考える理想的な体型だった。粘り強く続けた運動でついた引き締まった筋肉から見える骨、ではない。痩せこけ

て骨盤や鎖骨、背骨がくっきり見えなくてはいけなかった。オルセン姉妹とニコール・リッチーのげっそり痩せた体とくぼんだ頬を見ると、生気なんてちっとも感じなかったが、わたしが彼らの体を見て惑わされたのはくっきり浮き出た彼女たちの骨だった。なかでもあばら骨と背骨。

そのはじまりは十九歳のときに見た映画のワンシーンだった。裸でしゃがみこむ主人公の背中に、あばら骨と背骨がくっきりと浮き出ていた。ほんの一瞬だったけれど、わたしを虜《とりこ》にするには充分だった。映画の内容は頭からすっかりなくなって、記憶に残ったのは彼女の背中だけだった。その日から、かぼそい彼女の体型が世界で一番美しい体として刻まれた。それからというもの、オルセン姉妹とニコール・リッチーのように、骨がくっきり浮き出た体型の人を追いかけるようになった。そんな体になるためにより一層きついダイエットをした。あの俳優みたいにか弱く見えて庇護欲をかき立てる体になりたかった。

パパラッチに悩まされたダイアナ皇太子妃は摂食障害を患っていたそうだ。十九歳のわたしを惑わしていた彼女はうつ病で苦しみ、不慮の事故でこの世を去った。果たして偶然だろうか。

映画やドラマのなかの摂食障害

映画やドラマではたいていのことは美化されるのが常だ。わたしが見た映画やドラマに登場する摂食障害の患者たちもまた同じだった。摂食障害の場合、患者本人が表に出て病について語ることがめったにないので、具体的な事例や病気に関する情報を得るのが難しい。そのため、ほかの患者たちがどんな感じなのかを知るために映画やドラマを見ることになる。でもここで注意しなければならない点がある。多くの作品が、摂食障害をありのまま見せているというより美化している。特に、その症状をキャラクター説明のための装置に使っていたりもする。

もう一つ注意したほうがいいのは再発の危険性だ。症状が好転してきても、映画やドラマの摂食障害に関する場面がトリガーとなって、ふたたび過食と嘔吐に至る可能性もある。次にあげるのは、摂食障害の患者が主役もしくはサブで登場する映画やドラマのうち、わたしを刺激した作品だ。ドラマでは『マイ・マッド・ファット・ダイアリー』（２０１３～２０１５）、『スキンズ』（２００７～２０１３）『ゴシップ・ガール』（２００７～

２０１２）、映画なら『ブラックスワン』（２０１０）、『マシニスト』（２００４）、『空気人形』（２００９）、『嫌われ松子の一生』（２００６）、『クワイエットルームにようこそ』（２００７）、『彼と私の漂流日記』（２００９）、『心のカルテ』（２０１７）。

なかでも、わたしをもっとも激しく揺さぶったのは日本の映画『嫌われ松子の一生』だ。平凡だった女性の人生が、小さな事件をきっかけにどういうふうに破滅へ突き進んでいくのかを、Ｂ級の感性で見せるミュージカル映画で、美しかった松子は死ぬ前に過食症にかかって長い間ひきこもる。その姿がまるでわたしの未来のように思えて恐ろしくなった。それから特に印象深かった作品は是枝裕和監督の『空気人形』だ。劇中、過食症を患ったイラストレーターが少しだけ登場するのだが、彼女は作品を一つ仕上げたあとに儀式を執り行うように過食と嘔吐をした。まるで自分の姿を画面で見ているようだった。彼女の苦痛が自分の苦痛かのようにありありと伝わってきた。

『マイ・マッド・ファット・ダイアリー』は、過食、自傷、異常行動などで精神病棟に入院した十代の少女が退院して、ふたたび日常に適応して自身と向き合うというストーリーだ。『スキンズ』もまた、十代の若者たちの彷徨を扱った作品で、主要人物のひとりであるキャシーは拒食症の治療中だ。『ゴシップ・ガール』でも主人公のブレアが過食症を患

っている。摂食障害を患っている人物はすべて十代の少女たちで、再婚家庭のために実母と継父が本人と一緒に住んでいるという共通点がある。摂食障害患者が絶対的な主人公である『マイ・マッド・ファット・ダイアリー』とは違い、『スキンズ』『ゴシップ・ガール』は、脇役に個性的な性格をつけるための設定に摂食障害が使われた。特にキャシーというキャラクターは、金髪の美少女かつ突飛で不思議な魅力が十代のあいだで人気を博し、「キャシー病」という言葉が流行ったりもした。ドラマの人気が最盛期のころにドラマのなかのキャシーと同じように、ちょっとぼうっとした表情で突拍子もない行動をとるのを真似する人のことを見て、キャシー病にかかったとからかったりもした。

近年、一部の若い女性のあいだで流行のように広まっているプロアナは、まさにこのような摂食障害の美化からはじまったと言えるだろう。『スキンズ』を見て育った子どもたちは、それがどんな病気なのかきちんと知らないまま、ただキャシーのようにに見せたいと思っているかもしれない。痩せていて突拍子もなく魅力的な女の子。そのためならキャシーのように摂食障害にさえなりたがる。摂食障害が自分を特別にしてくれるように感じるせいだ。キャラクターを説明するための装置としてうかつに使うべきでない理由でもある。

実際、摂食障害の患者たちが制作に参加したという『心のカルテ』の場合、実情が赤

裸々に描写されている。『心のカルテ』は、この障害のありのままを見せる作品だ。登場人物の誰ひとりとして、摂食障害がキャラクターの魅力として描かれていない。深刻な段階の摂食障害患者たちが集って治療を受けるセンターが舞台のこの映画には、さまざまな症状の患者が登場する。食べ物を断固拒否する患者、過食をする患者、食べて嘔吐する患者など、病状は違うけれど、彼らは食べ物を加減できないという共通点を抱えている。わたしはこの映画で、習慣のように自分の前腕の厚みを測る主人公の姿を見てひどく驚いた。一般的には親指と中指で反対側の手首の周囲を測るのに、その主人公は反対側の前腕の周囲を測っていた。前腕の厚みを測ることで体重が増えたかどうか見当をつけていたのだ。摂食障害の患者たちは自分だけの体重計を持っている。映画のその場面はこの点を正しく描写していた。単純に体重計の数字に執着するにとどまらず、さまざまな方法で体型に執着する彼らの姿から、わたしもまた、自分がまだ気づけていなかった症状をあらたに知ることになった。

下半身の肥満だったわたしは特に内ももの厚みに執着した。まっすぐ立ったときに両内もものあいだに空間がどのくらいあるかで体型を評価した。シャワーのあと全身鏡の前にまっすぐ立ち、内もものあいだの空間を確認する。空間があればセーフ、万が一ちょっと

でも触れていたら頭のなかに赤信号が点灯した。体重が増えたという信号だった。二度と体重を計らないようにしたときも、この行動は続いた。実際に体重計に乗らなくても、体感や、鏡で見て体型を確認する、別名「ヌン《目》ボディ」でなんとなく体重の見当をつけることができた。

ほとんどの映画やドラマは舞台装置や映像美を追求するので、汚いものは目につかないように、美しいものは際立たせる傾向がある。泣くときもきれいでなくてはならず、全速力で走るときも姿勢は完璧でないといけない。不治の病の患者も単なる悲恋の主人公なだけ。摂食障害も同じだ。無我夢中で食べてそのすべてを便器に吐き出すという生々しい場面は隠したまま、摂食障害の患者を演じる俳優の痩せた体だけを目立たせる。それを見た子どもたちが、摂食障害になってでもあの俳優みたいに痩せたいと思うようになるかもしれないのに。丸々としているよりは、摂食障害を患ったとしても痩せているほうがはるかにましだと、映画のなかで誇張された主人公たちが言うせいだ。

それともう一つ、映画と現実は違うということも指摘しなければならない。映画のなかの事件にはすべて明確な動機や原因があるものだ。だが現実では総じて明確な原因を見つけることが難しい。わたしの見てきた映画やドラマでは、エンディングに近づくほどに主

人公が摂食障害を誘発した原因にたどり着き、それを解消して病気から快復していた。しかし実際に把握するのは簡単ではなく、解消や快復も明確には成し遂げられない。どんなに映画を見てドラマを見ても、わたしが過食症になった原因はそこにはなかった。

摂食障害をラッピングするメディア

スマートフォンでニュースのヘッドラインを読んでいくと、「ガールズグループメンバーの〇〇〇、拒食症？　痩せた体型、ファン憂慮」というタイトルが視界を通り過ぎる。記事のタイトルの「拒食症」という単語を見つけた瞬間、心拍数が早まって焦りだす。震える手でスマートフォンの画面にタッチする。切り替わった画面には骨と皮ばかりになった女性芸能人の写真が掲載されている。瞬間、いくつものなんともいえない感情が交錯して渦を巻く。

摂食障害の患者のほとんどは、芸能人の摂食障害を論じる記事を見るとすぐ動揺するんじゃないだろうか？　わたしはこんな記事を目にすると、いまだに思考が麻痺してしばら

く抜け出せない。単に痩せた芸能人の写真を見ることより、ニュースのタイトルや記事で「拒食症」「過食症」という単語を見てしまうと、すぐさまその対象に自分を投影してしまうことになる。過食症とか拒食症という単語が簡単に記事のタイトルになるのは、クリック数を増やすためのオンラインメディアの属性だと放っておくべきだろうか？

正常でないことがさも正常であるかのようにラッピングされて記事として流布される。表立った活動のない時期に体重が増えて、リリース期に極端なダイエットで痩せて登場する歌手たちのエピソードが、当たり前のことのように、プロらしい姿勢であるかのように伝わり、一日に炭酸水二本しか飲まずに体重を落としたというガールズグループメンバーの逸話は、夢のために努力している熱意としてラッピングされる。

そんな記事を目にすると二つの矛盾した感情が湧く。ほかならない「憐憫《れんびん》」と「歓喜」だ。「外見の評価にどれほどストレスを受けたら、あんなに痛々しいほど体重を落とせるんだろう」という憐れみと、「あなたもわたしとおんなじ。あなたもわたしと同じ患者だよ」というような、同類を発見したという喜び。それから記事のなかの芸能人と自分の体を見比べる。すぐにもっと痩せたいという競争意識が発動する。「わたしのほうが痩せるもんね」と決心する。そして摂食障害の症状がさらにひどくなる。

芸能人の過度なダイエットがニュース素材の常連になるくらい、いまのわたしたちの社会は痩せることに敏感なようだ。いつも痩せていようが急に痩せはじめようが、どれも問題があると感じることもある。肥満は病気なので、丸々と太っていることにも痩せているのと同じく手厳しい。多くのテレビ番組が、健康な食習慣の結果として体重の減少をあげる。ありのままの体を愛さなくてはいけないけれど、健康のために適正体重はキープしないといけない世の中だ。「全部おまえが心配でやってるんだ」という言葉で体型の評価を正当化する。

一時期、高度肥満の人を集めて、定められた期間でもっとも体重を落とした人に賞品を出すバラエティー番組が人気だった。出演者のほとんどが肥満を原因とする成人病に苦しんでいた。彼らにとってダイエットとは、健康と外見という二兎を得る行為だった。でも、個々人の体質や状況を考慮しない軍隊式のダイエットは自然とリバウンドに繋がり、出演者のほとんどは番組が終わっていくらもしないうちに元の体重より増えてしまったそうだ。

健康を掲げ、ドラマティックな結果だけを求めた番組の弊害だった。変わっていく外見と健康な体になれると信じていた出演者たちは、ダイエット前より体重が増えやすい体質に変わった。こうやってメディアはダイエットを健康でラッピングして大衆をそそのかし

たりする。だがそんなコンテンツの裏側には、ダイエット食品や運動器具、ダイエット用サプリメントなどを売るための戦略が隠れている。もしかして今日ＳＮＳで見かけたほっそりした体型の健康の伝道者たちは、何かを販売していなかっただろうか？

ダイエット番組の前には、一般人に整形をしてあげる番組が人気だった。整形手術で身体的なコンプレックスを克服して人生を変えることができる、というのが番組の骨子だった。毎回不幸な状況の出演者が、不幸を増大させる理由として身体的な欠陥を示し、救いの手を求める。不幸トーナメントで優勝した出演者を、各分野のトップだという整形外科、皮膚科、精神科の医師たちが一緒になって作り変える。整形手術の腫れが引くまでテレビ局の支援を受けた出演者は、すぐに美しい姿でスタジオのステージにあがる。番組に登場する出演者の、以前とは違う幸せそうな表情を見ると、本当に彼らの前には「明るい未来」だけが広がっているのだろう。これに惑わされた大衆は整形手術を、本来の自分を否定するものではなくコンプレックスを乗り越える自己管理の手段、もしくは人生をもうちょっといい未来に導いてくれるカーソルと認識するようになる。きれいな服を着て自分の見栄えをよくするみたいに、整形手術もきれいな外見のためにお金をかける合理的な行為と認識されるようになる。

しかし、整形手術、特に美容目的の整形手術は、人の体を人為的に損なう行為であり、当然副作用が伴う。整形手術の医療事故が社会問題として浮上し、整形の副作用に対する反省の声が高まり、批判が大きくなると、すぐさまその番組は終了した。整形外科の広告も規制が強まった。いまでは整形手術が人生を変えてくれる万能キーではないと大衆の多くが認識している。副作用がどういったものかも知っている。ダイエットについても、こういった認識の転換が必要だ。摂食障害の一次的な発症の原因は、ほとんどが過度のダイエットだからだ。

モッパンが一つのジャンルとして定着したくらい、おいしそうに、幸せそうに食べることが好まれながらも、たくさん食べてもほっそりしていなくてはいけない。コプチャンを食べ、パンを食べながら、同時にダイエット用サプリメントを飲む。SNSにあふれるダイエット関連製品の広告のビフォー・アフター写真は、果たして本当なんだろうか？ダイエットの助けになるというサプリメントはどのくらい効果があるんだろう？　広告に書いてある情報やレビューは言葉通りに信じてもいいんだろうか？　わたしたちはよく食べても太ってはいけないという、いびつな世界に生きている。ダイエットは自己管理ではない。ほっそりした体型は健康の象徴ではなく、自己管理のたまものでもない。わたしした

ちが本当に管理しなくてはいけないのは心と体のバランスだ。

うつ病患者の自殺に関する記事の最後には、うつ病でつらい人たちに救いの手を差し伸べる機関の連絡先が必ず記載される。記事がうつ病患者たちによくない影響を与えかねないためだ。有名人の拒食症や過食症を議論した記事の最後にも関連情報が記載されていなくてはいけないと思う。記事を読んで記事の主人公と同じ苦痛に見舞われた人たちが支援を受けることのできる場所についての情報を記載し、摂食障害は治療が必要だと言うことを明記しなければいけない。摂食障害とうつ病は指で測れるくらい近くにある。同じ種類の助けが必要だ。

ヴィーナスとコルセット

二〇二〇年二月、世界的に有名な女性下着ブランドであるヴィクトリアズ・シークレットが売却されるという記事が出た。一年前の二〇一九年には、ブランドの専売特許であるファッションショーの廃止を決定したと発表していた。これらの記事に、一つの時代が幕

を閉じつつあるように感じた。

大学時代、西洋服飾史は一番好きな科目だった。朝、自分なりに熟考して選んだ服はどこからはじまったのか？　そしてわたしが「選んだ」と思っていたこの服は本当にわたしの選択だったのか？　不思議だった。

服飾史を勉強していてわたしをもっとも惹きつけたのは、時代によって美の基準が違ってくるという点だった。「ヴィーナス」は女性美の典型を意味する言葉としてよく使われる。そしてヴィーナスの姿は時代に沿って変わってきた。『ヴィレンドルフのヴィーナス』という旧石器時代の小像がある。豊満な胸がそれ以上に豊満な腹の上に垂れた、丸々と太った女性の姿だ。古代の美しい女性とはふくよかな体型の人だった。古代ギリシャ末期のヴィーナス像である『ミロのヴィーナス像』は、ヴィーナスを表す代表的な彫像だ。いまも多くの人が「ヴィーナス」といえばこの彫像をまず思い浮かべる。腕の部分が欠けて不自然な状態であることを除けば、彫像の体型自体は男性のように分厚く、筋肉がきれいについている。ルネッサンス時代の作品であるサンドロ・ボッティチェッリ『ヴィーナスの誕生』のヴィーナスは全体的に肉付きのいい体型で、ぽっこりした下腹に白く美しい肌をしている。十八世紀の作品であるジャン・オーギュスト・ドミニク・アングル『海か

り上がるヴィーナス』でも、少し妖艶になった印象が増したものの豊満な体型にぽっこりした下腹、そして白玉のような肌は変わらずヴィーナスの象徴として表現された。

現在のヴィーナスは果たしてどんな姿かと想像してみた。一つのイメージが難なく頭に浮かんだ。ヴィクトリアズ・シークレットのファッションショーでランウェイにいるモデルたちだった。大きな胸、あばら骨が浮き出て見えるくびれた腰に長い脚でランウェイを力強く歩いてきて、ターンをすると弾力のある尻が現れる、「エンジェル」と呼ばれた金髪の白人美女たちのことだ。

現代のヴィーナスは高身長と長い脚は基本で、痩せているが胸だけは自分の頭よりも大きくなければならない。コルセットを着けなくても腰はくびれてないといけない。彼女たちを見ていると、わたしはどんなに努力しても現世で美しくなることはできないし、生まれ変わってもあれほど美しくなることはできない気がした。それから考えた。「どうしていまの時代のヴィーナスはヴィクトリアズ・シークレットのモデルなんだろう？　肉付きのいいヴィーナスの時代もあったのに……」。ふくよかな体型のヴィーナスを見れば見るほど、わたしが生きている時代が残念に思えた。過去の丸々とした女人たちが愛されていた時代に行きたかった。

そんな考えが恥ずかしくなるのは、それからしばらく経った二〇一二年、ウディ・アレン監督の映画『ミッドナイト・イン・パリ』（２０１１）を見たあとだった。映画のなかの男性主人公は婚約者の女性と旅行でパリを訪れるのだが、そこで自分がいつも憧れていた一九二〇年にタイムスリップしてしまう。一九二〇年代は楽しく我を忘れた。男は一九二〇年代に残ることを決心する。だが彼が恋に落ちた一九二〇年代の女は言う。一九二〇年代には希望がない、それより以前のベル・エポック時代で生きたいと。その映画を見ている間、顔がほてっていた。その男の姿がまるでわたしを見ているようだったからだ。わたしが生きるこの時代は間違っている、過去はよかったという単純な発想から出た現実逃避が。

わたしの愛していた映画が違って見えてきた。『プライドと偏見』（２００５）の原作者であるジェーン・オースティンは、女性が作家になることなど決してできなかった時代の壁を乗り越えるために戦い、『エリザベス』（１９９８）のなかのエリザベス女王は男たちの間で気圧《けお》されないよう華やかに着飾った。服の重みだけでも女王としての重みが感じられるほどだったろう。『真珠の耳飾りの少女』（２００３）はどうだろう。身分が低いため教育を受けるなんて夢にも思わないまま、幼くして金持ちの家に下働きとして入り、冬も

冷たい水で洗濯をしなければならない幼い少女の疲労があらわに表現される。自分がただ映画に出てくるきれいなドレスや牧歌的な風景だけに魅了されて、過去の虚像にはまっていたんだと反省した。

ヴィーナスにはその時代の欲望が込められている。時代によって美の基準は違うけれど、共通点が一つある。彼らが求めていた美の基準はすべて、社会の特権階級だけが享受できる、富の象徴だったということだ。いまの時代が求める痩せた体のヴィーナスもまた同じではないだろうか。

安価に買うことのできるジャンクフードがあふれている時代、過度の労働で一日を送り、食事もただ命を繋ぐためだけでしかない時代を生きる者に、「たゆまぬ運動で筋肉がきれいについた力強い体型」は新たな美の基準になった。このレベルの「自己管理」は上流階級の特権でしかない。「王」の字が鮮やかに表れた腹筋は最低でも一日一時間以上の運動をするだけの時間と体力、そして運動をともにするトレーナーがいてこそ出来ることで、出産後に短時間に体重を落とすのは、その人に合う高額のオーダーメイドケアがあってこそ可能だ。普通の人がちょっと無理をしたからといってできることではない。にもかかわらず、費用や過程は隠されたままで結果だけがわたしたちの目の前に示される現実のせい

で、ほっそりしていない体型の原因を怠惰だと考えるようになってしまう。

幸いなことに、ここ数年で美の基準が急激に変わりつつある。ヴィクトリアズ・シークレットは悪い出来事が重なって墜落した。その決定打となったのが、マーケティング責任者の発言に触発された不買運動だった。あるインタビューで「時代の流れに合わせて、トランスジェンダーのモデルやプラスサイズのモデルを採用する考えはないのか」という質問に、彼は「彼らはわたしたちが考えるファンタジーの手本ではない」と答えたのだ。女たちはもう二度とヴィクトリアズ・シークレットを着ないと心に決めた。その波紋以降、ヴィクトリアズ・シークレットがトランスジェンダーやプラスサイズのモデルを起用する努力をしても、背を向けた女性たちの心はもう戻らなかった。このように、いまの変化を主導している勢力は企業やメディアではなく女性自身だ。

女性の体を抑圧してきた衣服、コルセットに関しても間違った考えを持っていた。コルセットという名前は十八世紀以降にイギリスでつけられたもので、フランスでは時代によってコルサージュ、バスキーヌ、コール・ピケなどと呼ばれてきた。ルネッサンス時代を経て人々の美意識もかつてない変化を迎えた。体を隠す服飾から人体の美しさを表現する服飾に変化しつつ、衣服は男性性と女性性それぞれの魅力を強調する方向に集中してゆく。

女性性の象徴はまさにくびれた腰だった。このため自然と肩とスカートの幅はよりおおげさに膨らむようになり、腰はコルセットを使ってぐっと絞られた。コルセットの本格的な登場だ。

当時の貴族の女性たちが着ていた華やかなドレスや、細い腰を作っていたコルセットが羨ましかった。わたしは少し食べてもお腹が出るのが本当に嫌なのに、昔の女たちはコルセットが絞めてくれるから、たくさん食べても服の外からはわからなそう。いまはコルセットがあるときよりもさらに厳しい美の物差しを突き付けてるよね。コルセットもないのに腰がきゅっとしてないといけないなんて……いまとなっては想像もつかない間抜けな考えだってことは、わたしもわかっている。

フェミニズム論議が活発になるにつれて、近年わたしたちの社会では「脱コルセット」という単語が登場した。昔のコルセットと同じように、社会が女性に強要している不条理な美意識から脱することを追求する脱コルセットは、一つの大きな社会運動になった。わたしは脱コルセットとともに登場した「透明なコルセット」という単語を聞いて、背後から頭をがつんと殴られた気がした。わたしの腰にあった見えないコルセットのせいだ。くびれた腰を強要する美意識のせいで、ダイエットという目に見えないコルセットを身に着

けていた。ダイエットはわたしにとってコルセットだった。

女性人権運動が拡大して脱コルセットしようという女性が増え、オンラインでは「脱コルセットマニュアル」といった類の書き込みが登場しはじめた。だが脱コルセットをする方法は決まっているとは思わない。重要なのは「コルセット」ではなく「脱」のほうだとわたしは思う。自分を圧迫しているなんらかの要素から脱するためのちょっとした行動のすべてが、それぞれの脱コルセットになり得る。アイラインをいつもより細く描くこと、いつも履いていた高さ十センチ以上のハイヒールをやめて、ちょっと低いヒールを選ぶこと、そんな行動で本人が解放感を感じるのなら、それがまさに脱コルセットだと思う。結果は外側から見えるものより内面から感じられるもののほうが重要だ。

痩せたくて自分にダイエットというコルセットを着せていたわたしは、結局人間としての権利を自分から奪った状態だった。取り戻さないといけないと思いながらも、いままでずっと考えが偏っていたせいで、権利がなんなのかすらちゃんと理解できなくなってしまっていた。もう見た目はそんなに重要ではないと思いながらも、太るのは嫌だということも相変わらず否定できない。いまの自分が抱える問題を解くために、わたしはよりたくさん悩み、努力するだろう。

それならば二〇二一年現在のヴィーナスはどんな姿だろう？　頭のなかに色々なイメージがよぎったけれど、全部消えた。わたしの夢見ていた美の女神たちはもう必要ない。決められた型に自分を合わせる必要はないし、時代が求める美しさに合わせる必要もないと分かった。わたしのように過去の虚像を追いかける過《あやま》ちを犯すことのないよう。わたしたちは存在自体がもう当たり前に美しいんだから。

「めちゃ痩せ」しなきゃ

会社の同僚に「お腹すいた」が口ぐせの女性がいた。食べるのが本当に好きなんだな、というくらいに思っていた。彼女は終始一貫しておいしい店や新製品の菓子の話をしていた。おかしいと感じたのは一緒にランチに行った時だった。会社の近くにあるイタリアンレストランで頼んだメニューが出てくる前まで、彼女はこれから出てくる食べ物について、ほかのメニューについて、ひたすら話していた。なのに、いざ頼んだものが出てくると彼女が食べたのはスパゲティの麺を何本かだけだった。そしてわたしたちが食べ終わるまで

皿のなかをかき混ぜていた。

食べることの好きな彼女が食べ物をかき混ぜているだけだった理由を理解したのは、しばらくしてからだった。遅ればせながらイギリスのドラマ『スキンズ』を見ることになって、そのなかに拒食症を患っているキャシーが相手役のシドに食べ方を教える場面が登場した。何も食べないことを両親からどうやったら隠せるのかというシドの質問に、キャシーは「あんたにだけ見せてあげる」と言って、「ものすごくいっぱい喋ればいいの。食べ物をすごく小さくカットしながらずっとしゃべる。それから質問をするのよ。あんたの学生証、どこにあるの？」。学生証の行方を必死に考えているシドにキャシーはまた言う。「話を変えよっか。これすごくおいしい。あたしこのソーセージすっごく好きなんだ。ちょっと食べてみて」と、キャシーはシドの皿に自分のソーセージを一つ移動させる。似たパターンの話や行動を立て続けに見せたキャシーは、まもなく時計を見るともう行かなくちゃと言って、食べていた（実は一つも食べていない）皿を片づける。

同僚に感じていた疑問が解けた。彼女はキャシーだった。正しくはキャシーのノウハウを真似ているキャシーの信奉者だった。彼女が「お腹すいた」の次によく言う言葉が「太った」だった。それから何年か経って、ＳＮＳをうろうろしていたら彼女を思い出した。

体重を落とすために刺激し合うことを希望するプロアナ族の書き込みを見たときだった。

外見強迫コルセット厳しめです。一緒に紐を締めてくれる仲間を探しています。お互い励ましあいましょう。ちなみに学生です。

外見強迫深刻。仲よくしてください。

自分への外見強迫厳しめです。一緒に紐を引き締めて死ぬほど痩せよう。

#プロアナ　#めちゃ痩せ　#骨痩せ

なんのことかと思った。SNSで「プロアナ」と検索すると出てくる書き込みだ。ひどいリバウンドに見舞われてもう一度体重を落とすために、もしくは低体重を目指して設定した目標体重に到達するために、刺激を受けたいと願う人たちが書いたものだった。その多くが自分は学生だと紹介していた。彼らのコミュニティでは外見強迫症が一つの特徴かつ趣向として扱われていた。彼らは一緒に痩せる友だちを探していた。一緒にコルセットを絞めてくれる友だち、骨と皮になるまで体重を落とすのを互いに刺激し合う友だち。一緒に体重を落とす友だちを探す文章と一緒に、人気のガールズグループメンバーの写真

やモデルの写真を載せていた。骨がはっきりと見えるくらいに痩せた女たちの写真だ。脱コルセット運動が起きて、内面の力を育てようというエッセイが書店の棚を埋める「最近の世の中」の一方では、自分の外見強迫症を誇りに思い、コルセットを絞めるために連帯を組む人たちが存在する。彼らはなぜ、こうまでして痩せたいと願うんだろう？

スマートフォンのカメラアプリを立ち上げる。好きなフィルターを設定する。写真を撮る。気に入った写真一枚を拾い上げるために五十枚くらいは撮らないといけない。最終的に選んだ写真を写真補正アプリで呼び出す。直したい部分を修正する。足の長さを伸ばし、体型を細く整える。腰はそれよりもうちょっと細く、でこぼこした前腕のラインもつるっと滑らかに。完璧な体型を作った。SNSアプリを立ち上げる。いましがた修正した写真を呼び出す。色合いを調節して明度も上げる。短いメッセージとともに写真をアップロードする。「ダイエットいつやろう？　ほんとブタみたい。」SNSを閉じる。スマートフォンから目を離すと、くっついた腹の肉と内ももが見える。自分への嫌悪感が押し寄せる。写真のなかの人になりたい。わたしの羨む対象がわたしになる。SNSのなかの、わたし。

写真撮影のあとに行う過度のリタッチが問題になり、広告やグラビア撮影時のリタッチ禁止を契約条件に提示する俳優が増えているという。写真に写った自分の姿は真実ではない、自身が影響力を及ぼす大衆に歪曲されていないありのままの姿を見せたい、と彼らは訴えた。影響力のある俳優、歌手たちのこういった声のおかげで社会も変わるかもしれないと思った。だけど、このような影響力は俳優や歌手など芸能人だけの特権ではなくなった。アップル社がスマートフォンを発売して十年ほど経つそのあいだにSNSは進化し、誰もが「インフルエンサー」になれる時代が到来したのだ。

自身の影響力を楽しんでいる彼らは、その波及力について悩みもせず、楽しむネタもしくは金儲けの手段として使用する。どんなに簡単なことか。写真一枚でこんなにもたくさんの人に関心を持ってもらえるなんて。フォトショップを学ばなくても指一本でいくらでも補正が可能だ。写真補正アプリはとても賢いので、思い通りに鼻の穴を小さくし口角をちょっとあげたりもできる。こんな細かな補正まで。あれこれと一つずつ補正してみると、写真のなかの人物はもはやわたしとは言えない、だけどわたしだと信じたい、そんな存在になる。

ある人たちにとってはおもちゃであり楽しみだろうけれど、ある人たちにこんな写真は

ゆがんだ刺激として作用する。特にSNSに慣れ親しんでいて外見に関心が強く、かつ判断能力の未成熟な十代から二十代前半の女性たちのあいだで、そんな現象が頻繁に起きるらしい。各種メディアやSNSを通じて触れる痩せたアイドルやモデルに憧れて、自分もそうなることを願う若い学生が叫ぶ。「めちゃ痩せしなきゃ！」。彼らは自分の外見強迫症も平然と受け入れる。問題はこんな若い子たちの症状を両親が気づきにくいということだ。そうしているあいだにも、彼らはSNSを通じて、どうやって吐けばいいのか、どんな順で食べれば吐くのが楽かといった情報をやりとりする。

「めちゃ痩せ」したいと思う人たちは、自分の問題を知っているけれど改善したいという意思がないかもしれず、周りの人たちを巧妙にだましているかもしれない。「子どもたちへ、大人たちの格別な関心が必要です」だけでは解決しない。だからわたしは、わたしにできることをする。同じ苦痛を一足先に被った者として、経験を共有すること。そしてひとりでも多くの人がその深刻さを認識すること。摂食障害は簡単に治らない。両親や社会がもっと関心を持たなければいけないし、患者みずからが諦めないようにしないといけない。

第四章

わたしのなかで育つ恨みと痛み

母の最善

カウンセリング治療で担当医がわたしに訊ねたのは、まさに「わたし自身」についてだった。わたしは過食症になった理由を自分でちゃんと理解していると思っていた。外見至上主義の社会の副作用、それと極端に痩せた体型を追求するファッション業界を覗き込んだ結果。だけどカウンセリングで担当医は、そんなわたしの周辺環境よりもわたしについて質問した。そしてその質問は少しずつ過去に向かった。

摂食障害の原因は、幼少期の経験や両親との関係が契機となっている場合が多いそうだ。わたしは信じていなかった。わたしは平凡だったし、家族には問題がないと思っていたからだ。だが、カウンセリングをして何度も思い返した過去から、わたしが気づいていなかった記憶のかけらをいくつも見つけることができた。

過食症の治療のために精神科のカウンセリングを受けながら、短いといえば短く、長いといえば長い自分の人生を振り返った。その時間が積み重なっていまのわたしになっているからだ。記憶のひきだしのなかにしまい込まれて忘れていたたくさんの場面を、改めて

一つずつ取り出してみて、それらについてカウンセリングの先生と語り合い、自分をより理解するようになった。「本当のわたし」と「わたしがなりたいわたし」を区別できるようになり、それまで後者がどんなに苦しめてきたかも知った。わたしはわたしの過去を文字に起こしながら、時に泣き、時に恨み、時に慰められた。

摂食障害、つまり精神科の治療が必要な病気になったと言うと、幼少期に受けた大きな衝撃によるトラウマがあるとか、不遇な家庭環境のためと考えるのは簡単だ。実際、わたしの経験はそれほど特別ではないかもしれない。誰もがうける通過儀礼かもしれない。だけど同じ高さから落とした球でもサッカーボールとテニスボールでは反応が違う。ほかの人は大したことないと思う経験が、誰かにとってはとても強く刻まれてしまうかもしれない。小さくて自分でも認知できないくらいに。いろいろな人がいるから、物事を受け止めて内面化する方法だって人それぞれだ。わたしが自分の話を正直に打ち明ける理由は、何はさておき自分の「内なる子ども」に許しと慰めをあげるためだ。このためにまずしなくてはいけないことは、自分の傷がなんだったのかを見つけること。わたしの話が、同じように「内なる子ども」を持つ人たちにも慰めになれば嬉しい。

わたしは体罰の容認されていた時代に幼少期を送った。野蛮な時代だった。政府は国民を、先生は学生を、そして親は子どもを殴った。わたしはいつも叩かれていた。それが左手なのかもわからずに左手でご飯を食べたとき、幼稚園で隣の席の友だちと騒いだとき、小学校に入学して書き取りテストでいい点を取れなかったとき、宿題をやらなかったとき、日記を書かなかったとき、友だちとけんかをしたとき、理解できない要求に応じなかったとき、塾に落ちたとき、答えたくない問いに答えなかったときも、当たり前のように罰をくらった。

先生たちは必ず叩くものを持ち歩いていた。ビリヤードのキュー、五十センチの定規、どこで買ったのかわからないアンテナなどなど。鈍くて深い痛みを誘発するものや、強烈に痛いものもあった。本当にダメなときは、硬くコチコチの室内靴を履いた足がそのまま向こう脛《ずね》に飛んできた。怒りをコントロールできないまま、ムチを持たなくてはという判断すらできずに足がまず出てしまうのだ。こんなときはより痛くて戸惑う。

先生に向こう脛《ずね》を蹴られた日、知らせを聞いて父が学校に駆けつけた。父は食パンを手にしたままで、わたしは泣きながら言った。「家庭科の時間の準備を、ウッ、食パン持ってこないでよ、ウッ、父さんに電話したのに、ウッ、先生が叩いたの、ウウッ」。先生が

言った。「わたしは男子に連絡しているんだと思って、誰に電話したのか何度聞いても言わなかったんですよ」。わたしがどうして答えられなかったのかって？　先生の質問の意図を把握することもできず、わたしが何を間違えたのか、なんと返事をしたらいいのかわからなかった。わたしが休み時間に父へ電話するのを、どうして先生にいちいち報告しなくてはならないのか、という若干の反抗心もあったのだと思う。先生の言葉に父はあきれている様子だったけれど、わかりましたと言ってすぐに店に戻っていった。それで、先生がわたしに誤解だったゴメンなと謝っただろうか？　もちろんそんなわけがなかった。わが子が理不尽に殴られたことに父がちっとも腹を立てないくらい、そのころは先生が学生を叩くことは理由を問わず通用した時代だった。

親がわが子を叩くのも同じだった。すべての親ではなかったけれど、うちの両親はそうだった。母と父は店のためにいつも忙しくて体がきつく、育てないといけない子どもは何人もいた。わが子をしつけるもっとも手軽で効果的な方法は体罰だった。

小学校二年生のとき、母に内緒で店のカウンターの金庫から一万ウォンを抜き取った。そのころ母がくれる小遣いはいつも足りなくて金庫は近くにあった。母は、配達や約束があるときどき姉やわたしに店を任せた。その日もそんな日だった。店には母がおらず、

客も来ていなかった。

わたしは何かに流されるように金庫を開けた。チン、という金属音とともに、一万ウォン札数枚とお釣り用に準備した千ウォン札数十枚が目の前に現れた。母の代わりに店番をするたび、何回も見てきた金庫のなかの様子だったけれど、その日は感じが違った。わたしは金庫から千ウォン札を何枚かくすねた。罪悪感とともに得体の知れない喜びに包まれた。翌日、友だちとトッポッキを買い食いした。もちろんわたしのおごりで。わたしは調子に乗って友だちはわたしに優しくなった。初めて経験する「お金の味」だった。それから盗む金額が少しずつ増えていき、学校前の文房具店では気前よくなった。お金を使うのは本当に気分がよかった。だけど悪いことを繰り返せばいつかは見つかる。母はすぐわたしの犯罪に気がついた。

母が金庫にわざと金を入れたままで席を外したその日も、わたしは金庫に手をつけた。三万ウォンのうち一万ウォンを抜いたら母が気づくだろうと内心わかっていたのに、そのお金がとても欲しかった。それから母が戻ってきて金庫を確認したあと、わたしは母から何時間ものあいだ叩かれた。クリーニング店のハンガーは背中にあたるたびに曲がってゆき、背中にはミミズ腫れができた。それから母はわたしの横で一緒に泣いた。母の泣く姿

を見たのは生まれて初めてだった。その日わたしは布団をかぶって夜通し泣いた。それから二度と金庫に触れなかった。叩かれたのも痛かったし、母の泣いたのが衝撃でもあった。母も泣く人だったなんて。

叩かれたのは当然のことだった。「叩かれるようなことをした」という言葉がぴったりだ。金庫からお金をくすねる癖を直したんだから、母としても効果的な体罰だった。

翌朝、登校する途中でいつものように友だちの家に立ち寄った。いつも一緒に登校している子だった。その子の母親はぱんぱんにむくんだわたしの顔を見て、何があったのと聞いてきた。わたしはその声を聞いた瞬間わっと泣き出してしまった。友だちの母親は背中に残った体罰の跡を見て、驚きながらも、「お母さんもつらくてそうしたんだよ」と優しく言ってくれた。そう言ってくれた彼女があ然としそうなほど、わたしのなかには違う考えが浮かんでいた。「つらければ叩いてもいいの?」。友だちの母親は決してわが子を叩いたりしなそうだった。

「あんたがそんなことをした理由があるはずよ。なんでそんなことをしたのか言ってごらん?」

この言葉を母から聞きたかった。友だちの母親の優しいひと言に、このおばさんがわた

しの母だったらよかったのにと思った。そしたらわが子の間違いを前にして、ムチ打つよりもまず話し合ってくれると思った。

小学校の高学年になってからは学校の先生といつもぶつかっていた。生徒たちの間違いをすべて体罰の度合いで等級化してしつける彼らのことが嫌いだった。騒ぎながら歩いたら二発、宿題をやってこなかったら三発、それからテストで間違えた数だけ。ある瞬間、ひょっとしたらこれはしつけではなくて、あの人たちのストレス解消法かもしれないと思った。わたしの担任たちは手のひらや足の裏、尻は当然のこと、頭も頬も叩いた。暴力から彼らの感情が伝わってきた。ほとんどは「お前ごときがこのわたしに歯向かおうってのか」だった。自分と違う意見を言うことを口答えと感じる先生たちに絶対に屈したくなかったので、わたしは学校に通っていて何度もぶたれた。暴力が嫌いだった。すべての問題を暴力で解決しようとする者たちと、暴力に暴力で対抗する者たち、それから自分のやっていることが暴力なのかも分からない者たち。そのすべてを嫌悪するようになった。

家族カウンセリングで母はわたしについてこう言った。

「次女は個性が強くて強情だから、それを抑えようと思って小さいころから小遣いも少ししかやらなかったし、あたしが何度も叩いたりしました。大きくなったときに周りの人と

馴染めないんじゃないかと心配で。そのせいか、この子は思春期がなかったんです。中学高校でも、事故を起こしたことも、気を揉んだこともありません。本当に言うことをちゃんと聞く子でした」

頭のなかに数えきれないくらいの疑問符が浮かんだ。

「盗みは悪いことだからぶったんだよね？　わたしが大きくなって泥棒になっちゃわないか心配したから叩いたんだよね？　違ったの、母さん？」

その話を聞いた瞬間、わたしは母によってこういうふうに育ったんだと悟った。両利きになったこと、人の顔色を窺《うかが》うようになったこと、千ウォン札一枚使うにもぶるぶる震えるようになったこと、自分の考えを言うより与えられた現実に順応するようになったこと、父を嫌いになったこと、体重が増えたこと、摂食障害になったことまで。このすべてがひょっとして母の厳しいしつけの結果なんじゃないだろうか？　成人してもわたしは（両親から見れば）「悪い」と言えるようなことをするたびに母を思い出した。「こんなことをしたら母さんが傷つく」ではない。「やらかしたら母さんにぶたれるかも」。

大人になってからも時折、母にぶたれた日々の痛みが思い浮かんだ。文字通り、ぶたれた背中の痛みのことだ。幼いころは当然のことだと思わされていたその体罰が、大人にな

ってようやく、あの方法以外になかったのかという疑問として迫ってきた。そしてその疑問は時間が経てば経つほど強くなった。暴力以外の問題解決の方法をいくつも知ると同時に、母への恨みが膨《ふく》らんだ。どうして母はわたしを叩く前に「なんでこんなことしたの？」と聞いてくれなかったんだろう。母のことが恨めしかった。

だけどわたしの恨みはいまや風に放された風船のように力なくどこかへ飛び去ってしまい、もう残っていない。母が最善を尽くしてわが子を育てたことを知っているからだ。ただ、母の最善がわたしにとっては最善ではなかった。だから実は、わたしが一時期よその家の子どもになりたかったということ、母を恨んでいること、どれも母には秘密にしている。行き場をなくした恨みがどこかで積もりに積もっているだけだ。

父の権威

父が泣いた。十一歳のころのことだ。そのころ我が家は、壁一枚を挟んで住まいとして使っている空間とパンを作っている製パン工場に分かれていた。ある日、父が二つの空間

を繋ぐドアに座っていた。わたしはいつものように塾が終わって帰ってきたところだった。そして父はいつものように酒に酔っていた。酔った父が嫌いだったので、見ないふりをして横を通り過ぎようとした途端、父がわたしを摑《つか》んだ。驚いて振りほどこうとしたけれど、暗闇のなかで父の肩が上下していた。泣いていたのだ。がっくりとうなだれた父はしばらくのあいだ言葉もなくわたしの手を握って泣いた。生まれて初めて見る父の涙だった。父はなぜ泣いていたんだろう？　理由はいまもわからない。

わが子を育てる両親にはそれぞれ権威が必要だ。でも父は権威的な人ではない。繊細で感傷的で孤独な人だった。父は「父」の似合う人ではなかった。あちこちさまよう定めの厄運でも背負っていたのか、子どもが二人生まれたあとも時折家を空けては二、三か月連絡が途絶えたりもした。母は子どもが生まれたら父が変わってくれることを期待したそうだ。まるで仙女ときこりの昔ばなしのように。我が家の場合は父が仙女という、おはなしとは違う設定だったけれど。家に戻ってくるとき父はプレゼントをいくつも持っていた。その日はきれいな新しいワンピースだった。父の家出は幼いわたしにとって、もうすぐ新しいワンピースが着られるという意味だった。

父はわが子に愛だけをくれる人だった。まるで家にやってきた子犬をかわいがるみたい

だった、と言った方が正しいかもしれない。ご飯をやり、散歩をさせ、便を片づける仕事はすべて母の役割だった。だけどかわいい子犬も言うことをよく聞いてこそかわいいものだ。主人を噛んだり、吠えて攻撃したりしはじめたら、かわいい子犬は厄介な存在に変わる。

わが子たちの思春期がはじまると同時に、わたしたちは父にとって厄介な存在になった。読むなという本を読み、見るなという映画を見た。行くなというところに行き、付き合うなという友だちと付き合った。話せというときに話さず、話すなというときに話した。そうやって父と子どもたちの距離は離れてゆき、会話がなくなった。会話の断絶は誤解を呼んで恨みを育てる。そして言葉ではどうしようもない状況では、大韓民国の父親の多くはムチを手にする。そんなわけで父はムチを手にした。いや、正確には妹のホッピングを手にした。姉に向けて。

わたしが生まれてから姉はずっとよくできた長女で、わたしは問題児の二番目だった。両親のいうことをよく聞く姉、それが当たり前だった。母は口ぐせのように言った。お姉ちゃんを見習いなさいと。そんな姉が中学校に入ると変わった。帰宅時間が遅くなり、ときどき連絡もせずどこかに行ってしまった。忙しい母と父の代わりにわたしの面倒もみて

きたのに、面倒くさがるようになった。わたしをなんとかして置いていこうとした。子煩悩な母は、姉が間違った道に進んでしまったら大変と、配達用バイクで街中を探し回った。姉はいつも捕まえられて戻ってきた。でもある日を境に外出が減り、つるんでいた友だちとも疎遠になっていった。母はほっとしていたけれど、わたしは気づいていた。姉の行動は変わったけれど心を入れ替えたわけではないと。それからもう一つ気づいていた。姉は煙草を吸っていた。もっと大きな問題は、母がこの問題を解決するより前に父が知ってしまったということだ。

ある午後のことだった。家にいたのはわたしひとりだった。にわかに父の声が聞こえ、聞いたことのない悲鳴が続いた。わたしはその場で凍りついた。悲鳴は姉のもので、姉は父に殴られていた。止めなくちゃと思ってドアの外に出てみたものの、ホッピングを振りまわす父は止められる状態ではなかった。わたしは部屋の鍵をかけて閉じこもり、その時間が過ぎ去るのだけを待った。父の怒鳴り声と姉の悲鳴を聞きながら。その後殴られる姉を見ることは二度となかった。父がわが子を叩くのも見なかった。姉は現実と適当に折り合いをつけているようだった。そのころから父は遅くにできた三番目ばかりをかわいがるようになった。

わたしは父と会話をしなくなった。そして問題児からよくできた娘になった。姉の代わりに、模範的で勉強もできる娘になろうと決意した。姉を追いかけるのをやめた。あのときの姉の悲鳴が耳で鳴り響いた。

父の暴力は、家長である自分がこれだけは直接手を下さなくてはという未熟な権威意識がさせたものだ。その方法なりの効果はあったが、副作用もついてきた。父の暴力を目撃したわたしは、自分がその暴力のターゲットになったらと思うと恐ろしかった。そうやって、できた娘になった。そして成人になってからもずっと、できた娘だった。成長することもできないまま。

精神科の治療のなかで担当医は、わたしの摂食障害の原因にかなり大きく占めるのは父との不和だという診断を下した。カウンセリングでは父の話をたくさんした。中学生になってからは父とまともに会話をしたことがなかった。大学に進学してからも父とはひと言も言葉を交わさない関係になっていた。連絡はすべて母を経由してそれぞれに伝えられた。

黙々と学校の勉強をやり遂げる姉とは違って、わたしは幼いころからやりたいことがたくさんあった。母が何かさせようとする前に「母さん、わたしこれやりたい！」と言いだすことがほとんどだった。小学生のころは舞踊を習い、中学生のころは芸術高校に行くた

めに最大限の努力をした。高校生のころは衣装デザイン科に行こうとアートスクールに通った。母はそんなわたしに「欲」が多いと言った。母が誰とわたしを比較していたのかは知る由《よし》もない。

地元の普通の高校に通っていた友だちとは違って、首都圏近郊にある芸術高校に行きたかった。芸術高校に行くために何か月も前から準備をしたけれど、実技で見事に落ちた。父の立場からしたら喜ばしいことだった。万が一行くことになったら一人暮らしをしなくてはならず、学費に一人暮らしの費用まで、考えられないくらいの金がかかるからだ。

大学に行くときも、地元の専門大学を選ぶ友だちとは違って、わたしは首都圏の四年制私立大学に行くことにした。入試のための塾もかなり金がかかった。そして今度は大学入試をすっと通過してしまった。一生分の運をここで使い果たしたんじゃないかとわたしが心配していたとき、父は学費の心配をしていた。入学までもう間もないある日、どうして四年制大学に行かなきゃいけないんだ、大学に行かないとダメなのか、と酒に酔った父が聞いてきた。その瞬間、なんとか保ってきた父との関係が崩れ落ちた。わたしは必死に勉強していい大学に行くことが親孝行だと思っている大韓民国の平凡な受験生で、そのために何年ものあいだ一生懸命に勉強し、一生懸命に塾に通った。そんなわたしの努力は父に

とってみればお荷物だったらしい。父にとってわたしは、ただ金のかかる支出項目の一つでしかなかった。わたしの存在は父にとって厄介なのでは、という疑いは確信に変わった。

わたしは母からも父からも十分な愛を与えてもらっていないと感じた。わたしを取り囲む世界のすべてであり一番近い人たちからそう感じるのに、情緒が安定するわけがなかった。傷が癒えないまま積み重なっていった。『心のカルテ』で主人公のエレンが拒食症になった理由はほかでもない、両親の離婚による母の不在から起きる愛情の欠乏だった。彼女の拒食症は、離れて暮らす母と一緒に過ごして少しずつ快方に向かう。『マイ・マッド・ファット・ダイアリー』の主人公、レイが異常行動や摂食障害になったのは、自分を置いていなくなった父から受けた傷のせいだった。それなら、わたしの過食症は結局父のせいなんだろうか？　それとも母のせい？

わたしをダメにしてしまう

十二歳の夏休み、家出を試みた。母とけんかした日だった。徹夜をして夜明けごろ、ダ

イアリーに「しばらく旅に出ます」と書き置きをすると、そのままソウル行きのバスに乗り込んだ。当時わたしはソウルに憧れていた。

幼いわたしにとって、田舎住まいはまるで島に監禁されているようなものだった。ここから脱出したかった。旅行好きな両親とソウルに住む親戚のおかげで、小学校にあがる前から年に二度ほどソウルに遊びに行っていた。その時に見たソウルは、田舎とは違って何もかもがあり、本物がある場所のように思えた。ソウルへ遊びに来る田舎の人たちは素敵な場所を探しに来るもので、遊園地とか、展望台や水族館のある63ビルディングは、わたしにソウルへの幻想を植え付けるのに一役買っていた。

同じ年ごろの子どもたちのように、アイドル歌手を好きになって、「歌手になって憧れのあの人たちと同じステージに立って、同等の立場で向き合うの」と大げさで厚かましい夢を見た。アイドル歌手になるには、ソウルの事務所に行ってオーディションを受けるしかなかった。こんなほとんど妄想みたいな考えにはまって、わたしのソウル病はだんだん深刻になり、ソウルへ転校させてほしいという願いがまた挫折するやいなや、とうとう家出をするに至ったというわけだ。

わたしの家出は、家を飛び出して十二時間も経たないうちに母親に泣き泣き電話をする

ことで幕を閉じた。いまでは親戚たちが集まると時折話すエピソード程度になったけれど、実際、十二歳の子どもが一万ウォン札を何枚か握りしめてひとりでソウルの真ん中をさまようのは、危険極まりない行動だ。そしてわたしは自分の行動が何を意味するのかわかっていた。自分のことを危険な状況に陥れて両親に傷を負わせようとするのが目的の自傷行為だということを。

幼いころからよくけがをしていた。それから悪さもした。そんなわたしのせいで母が傷つくのも見た。こんな行動が徐々に間違った方向へと向かった。駄々をこねても解決できないときは、腹が立ちすぎて自分のことを危険な状況に陥れた。恐ろしく子煩悩な母、傷ついた子のせいで胸を痛める母への、一種の復讐だったのだろう。

摂食障害が発症して一年ほどは、主に腹が立ったときに過食をした。習慣のようなものだと思っていたけれど、いま考えてみるとわたしはたいてい腹を立てていた。習慣的な摂食障害を患っている状態でなんらかの葛藤する状況におかれると、症状がひどくなったのだ。葛藤の原因は主に家族だった。そのころの対象は一緒に住んでいた姉だった。摂食障害を患っている患者の家族のほとんどがそうであるように、症状を理解することができないので、異常行動を見てただ驚愕するか問い詰めるのが常だ。一体どうしてそんなことを

するのかと。姉もそうだった。大っぴらにあれこれ言ってはこなかったけれど、こんなわたしのことを好ましく思っていないのはわかっていた。自分でも制御できない食欲が起こって過食してしまうとき、その瞬間に姉の気まずい空気を感じると過食の症状はさらにひどくなった。姉の気まずい視線がわたしを心配しているからだとわかると、自分をさらに傷つけることで怒りを表した。一種の自傷行為でもある。摂食障害がどんなに自分自身の心と体を蝕《むしば》む行為かわかっているにもかかわらず続けたのだから。ダメになる、あなたたちの大切な子であり妹であるわたしを壊してしまうと、心のなかで叫んだ。

高校を背景にいじめ問題を扱った日本のマンガ『ライフ』（すえのぶけいこ、講談社2002〜2009）の主人公、椎葉歩は高校入試を手伝ってくれた親友との仲たがいをきっかけにリストカット症候群になってしまう。激しいストレスを受けている人が、その解消のために自傷行為を繰り返す精神疾患のことだ。体にダメージを与えながらも、その苦痛を通じて生きていることを確認する。マンガのなかで、歩がカッターの刃で手首を切る場面は、少女漫画にはとても似つかわしくないほど恐ろしい。と同時に、信じていた存在から裏切られたという挫折と精神的な圧迫感などもストレートに伝わってくる。

ピアッシングやタトゥーを入れる行為でストレスが解消されると感じる人たちもいる。

本人は自覚できていなくても、こういう行為もまたリストカット症候群の一種ではないかと思う（少なくともわたしはそうだった）。過食して吐き出す行為はそれとは明らかに違う形での感情の現れだけれど、どちらも根底には自傷したいという欲求が内包されているとわたしは思う。破れるんじゃないかと思うほど食べ物を胃に詰め込んでから、大変な思いをして全部吐き出すという行為で自分に苦痛を与える瞬間、生きていると鮮烈に感じた。摂食障害がはじまったころ、わたしは学校でも家でも存在感が薄かった。生きていると感じようとしてじたばたしした。それと同時に、摂食障害の症状は、いまわたしはつらいんだと、こんなに苦しんでいるんだと、わたしを認めてほしいと周りの関心を渇望する行為でもあった。

そんなに痛くない指

三月二十五日。わたしの戸籍上の誕生日だ。出生届を出すのがだいぶ遅れたのに、罰金が惜しかったのか、父はわたしが生まれた日を勝手に変更して届け出た。わたしの本当の

誕生日は一体いつなのというしつこい追及に、母は何日か考えたあと答えた。
「あんたの誕生日、覚えてるわよ。あたしの母さんの誕生日、陰暦の二月二日とおんなじ。間違いない」

幼いながら母が嘘をついているとわかった。いつも堂々としている母の声から初めて迷いを感じたからだ。いまはそのおかげで、おひつじ座なのかうお座かわからないから星座占いに左右されないし、四柱占いも見ることができないから余計な運命論に執着せずにすんでいるので、むしろよかったと思っている。でも、自分の誕生日をすっかり忘れてしまった父と母に対して、幼な心に感じた寂しさは、「ほんとの子どもなのかな？　拾ってきたんじゃないかな？」という思いだけを連れてきた。

わたしには二歳違いの姉と、それぞれ七歳、九歳違いの年の離れた妹と弟がいた。一歳のお祝いが末っ子まで終わってみたら、わたしのときの記念写真だけが壁になかった。写真館で撮った手のひらほどの大きさの写真が一枚ぽつんとあるだけだった。長子は長子だから、三番目は遅くにできた子だから、そして末っ子は末っ子だからやったお祝いを、二番目のわたしのときは家計が苦しかったという理由でとばされていた。当時の家計が苦しかったのは充分に理解するけれど、それでも寂しさは心のかたすみに積もった。

妹が生まれるまで、おとなしかった姉に比べるとわたしは本当に暴れん坊な末っ子だった。性格も明るくて活発だったので父の愛情を独り占めしていた。わたしが六歳になった年に母は年の離れた子を妊娠し、翌年妹が生まれた。そのころは家計も上向きになってきていたので、妹は家族や近所の人たちから愛情をたっぷり受けた。それくらい明るくて愛らしい子どもだった。それからまもなくして末っ子ができた。男の子だった。兄弟のなかで唯一、息子のいなかった父は、娘たちのことを愛してはいたが内心は息子を期待していたのか、末っ子が生まれると手放しで喜んでいるようだった。末っ子は祖母と祖父の手で育てられ、底なしの愛情を受けた。わたしは姉弟のなかで両親に一番愛されていないと感じた。寂しさが押し寄せるたびに、嚙んでも痛くない指はないという、どんなに子どもが多くても親にとっては全員大切という意味のことわざがあるから、と自分を慰めたけれど、内心では「わたしの指は嚙んでも痛くないんじゃないかな？」と思っていた。

韓国の親たちの多くがそうであるように、わたしの両親も長子は苦労した。親になるのは初めてだから未熟な点もあって申し訳ないという思いもあるようだ。養育者としての自意識が強まった両親は、二番目には親の権限と権威を振りかざした。経験があるからもっとうまくできるはず、という自信まで加わってさらに厳しくなる。三番目、特に年齢差の

大きい三番目にはひどく寛大だった。年を取って授かった子どもなのでかわいくもあり、養育への熱意も若いころよりは薄くなっていた。それに二番目まで何事もなく育ったなら、どのくらいから親として介入しないといけないか要領も覚える。それから遅くできた末っ子、しかも一人息子なら言うまでもなく大事にする。

仲睦まじさの基準が何か、正確にはわからないが、うちは仲がいいほうだと思う。わたしは二番目だから寂しかったけれど、世間の二番目たちが寂しいのとぴったり同じくらい寂しかった。長子は長子ならではの寂しさがあるだろうし、年を取ってから生まれた末っ子も末っ子ならではの苦楽があると思う。頭ではわかっていた。だけど必死になって気づかないふりをしていた、心に積もった両親への寂しさや悲しみが、解決されないままわたしのなかでしこりとなっていたみたいだ。

ある二番目は恋愛でその寂しさを紛らわし、またある二番目は友だちとの付き合いで慰める。わたしは両親に認めてもらおうとますます努力することで寂しさを克服しようとした。なんとかして成果を出すことに命をかけた。学校の成績や活動、入試まで成功裏に成し遂げれば、両親に認めてもらえるのではと考えた。もうわたしは暴れん坊ではなかった。にもかかわらず、心に積もった寂しさはわたしをめちゃくちゃにした。親から充分に愛

情を受けられなかったと感じている子ども特有のめちゃくちゃになった雰囲気がわたしから出ていた。初めて就職した会社で直属だった上司は、不愛想なわたしの性格が気に入らなかったのか、わたしの前で明るい同期たちを褒めちぎった。一番多く聞いたのは「あいつは本当に明るくて親切だ。愛されて育った子は違うな」だった。

「愛されて育った子」という表現はわたしを更《さら》にめちゃくちゃにした。顔色をうかがい、否定的な考えがまず頭に浮かぶだけだった。心配してばかりで怒ってばかりなわたしの性格は「愛されて育った子」の正反対で、わたしを「愛されずに育った子」にした。「愛されて育った子」たち特有の明るい雰囲気、それ自体がまたわたしをめちゃくちゃにした。両親への恨みが募った。わたしをもうちょっと愛してくれていたら、わたしも愛されて育った子たちのように明るい雰囲気を振りまく人になれたのに。

社会人としての生活がはじまって何年か過ぎ、わたしも成長した。自分の責任がとれるくらいの経済的な余裕は心の余裕を生み、仕事上での成長は社会の一員としての安定感も生まれた。もう誰かの子どもではない、独立した人間としてのアイデンティティを持つようになった。過去を改めることはできないから、なんの不安もなく愛されて育った子なら

ではの明るさはないかもしれないけれど、わたしはなかなかいい人だ。

愛されて育った子を好む人たちはそれでいいと思う。実際、愛されて育った子より愛されずに育った子を好む人もいる。人は同じものを共有することによって連帯感を形づくったりもする。気づいてみると、世の中には愛されていない子が思いのほか多い。愛されていない子ならではの気性を利用すれば、時には人生がちょっと楽になる。顔色をうかがって行動し、この先に迫る失敗や危険にあらかじめ備えて、腹が立ったときは腹を立てることができる。ちょっと疲れるだけで悪くない。

愛されて育った子が持つ明るさは、解釈を変えれば機転の利かない厚かましさだ。でも、無理に彼らをこんな形でけなす必要はないんじゃないか？　わたしの気性がけなされる筋合いがないように。みんな育ってきた環境が違うのだから、自然と違う人として成長しただけだ。わたしは愛されて育った子と愛されずに育った子を分けないことにした。ただ、わたしはこんな人なんだ。めちゃくちゃになったのはわたしじゃない、わたしを見る人たちの視線だ。

外見コンプレックスに陥る

うつ病を患う人のほとんどが命を絶つことへの誘惑に駆られるそうだが、わたしの場合、ひどかったときも自殺衝動が起きたことはなかった。摂食障害の症状はそれだけで出るのではなく、ほかの症状を伴うことが多い。患者の多くがうつ病を一緒に患っている。わたしもそうだった。でも、大抵の人が考えるのとは性質がちょっと違っていた。

過食症がひどくなってうつ病が重くなるほど、生への渇望はむしろ強まった。でもその渇望はいまのわたしではなくもうひとりのわたし、もしくはわたしではないほかの存在、ほかの人生を指していた。きらきら輝いている人たち、美しく垢《あか》にまみれていない純粋な魂を持つ人たち、才能にあふれるお金持ちの人たち、何不自由ないように見える人たちのように生きたかった。

わたしが父を嫌いになった理由がもう一つある。わたしは父に似ていた。娘は父そっくりになる確率が高いというけれど、わたしの家族もまたそのとおりだ。父に似たってそれが大したことかと言うこともできるが、わたしには大した理由がある。

「あの子はお父さんに似てかなりのぶさいくだな」

初めて言われた外見評価だった。ひどく腹が立ったので、そのおじさんの子どものところに行って問い詰めた。無関係の人に当たり散らしたからって傷が癒えるわけではなかった。次に怒りの矛先は父に向かった。わたしは口ぐせのように、どうしてこんなに父さんのぶさいくなところばっかり似たんだろうと言った。過食症の原因が父との不和という診断は、半分当たりで半分は間違っていた。それだけではないけれど、父が大きな部分を占めているという点についてはいまでも当たっていると思う。父との不和と、そっくりな外見まで。

外見に対する包み隠さない評価はトラウマとして残った。その一度の評価がわたしをぶさいくな人にしてしまった。自分はひどくぶさいくなのだと信じてしまった。自分を愛せなかった。外見に一番敏感だった中高生のころに自分を支配していたのは、ぶさいくな外見へのコンプレックスだけだった。それとともに、わたしじゃない人間になりたいという欲求が生まれた。そしてその欲求は大学に入学してある人と出会って強まった。

その子に出会ったのは大学一年生の春だった。線が細くて肌の白い、慶尚道《キョンサンド》なまりの子だった。彼女は高校生まで体重が四十キロにもならない細い体型だったせいで、周りの

人たちにじろじろ見られてきたんだと言った。そして時折そのころを回想しては苦しみを打ち明けた。人が通りすがりになんてことない感じで投げてくる言葉に羞恥心を感じたと。

「あいつ見ろよ。飢餓だな」

「蹴ったら、あの足折れるんじゃない？」

彼女の意図とは違って、わたしにはまるで美しい童話のなかで起きた話のように感じられた。「お姫さまは白雪のような肌の愛らしい子に育ちました」と同じように。彼女はどんなに食べても体重が増えないから心配だと言っていた。水を飲んでも体重が増える体質のわたしは、彼女の生まれ持った体質が羨ましかった。わたしもそんな視線を浴びて、そんな言葉を聞いてみたかった。彼女は憧れの対象になり、彼女になりたいとさえ思った。

「あんなに痩せてたら本当に幸せだろうな。あの子も悩みがあるのかな？　あんなに痩せてるのに？」

あのころ、わたしの精神は完全に「痩せ」、ダイエットに支配されていた。わたしに迫ってきたあらゆる不幸はすべて、わたしの見た目のせいだと思っていたころだ。体重を減らせば人生も変えられると思っていた。

「一生懸命やれば目標体重になる。そしたらきれいになる。そしたらわたしの人生も変え

られる！」

ダイエットをしているあいだ、一日に何度となく繰り返してきた誓いは、皮肉にも目標体重に到達した瞬間に崩れ落ちた。死ぬほど必死になって体重を落としたのに、リバウンドはわたしの努力をあざ笑うように簡単にやってきた。目標体重を達成したら、それを維持するというもっと大変な過程が待ち受けていた。そのときに気がついた。「ダイエットは一生やらないといけないものなんだ。終わりがないなんて。死ぬまでこうやって、つらいダイエットを続けないといけないの？　ぞっとする！」。終わりのないダイエットをしないといけないと思うだけでも、残りの人生がやたら長く感じた。「どうしよう、本当に死ぬまでこうやってつらいダイエットを続けないといけないのかな？　体重が増えない体質のあの子がすごく羨ましい！」

羨望は執着になった。彼女のＳＮＳをこそこそ嗅ぎまわり、一挙手一投足を注意深くチェックした。彼女が着ている服、食べているもの、行く場所、そのすべてが素敵に見えた。彼女のすべてが羨ましかった。彼女に生まれ変わりたかった。ふたたび生への渇望と死への渇望が同時に湧き上がった。でもわたしが彼女になるなんて不可能だ。今度は何にもなりたくなくなった。しばらくの間、中身が空っぽで皮しか残ってない状態が続いた。

通りを歩くときは女ばかり見た。わたしよりもきれいな女を見ては恥ずかしさを、きれいでない女を見ては優越感を覚えた。人の見た目を一番偏屈な基準で評価していたのは、何を隠そう実はわたしだった。


「あの人はきれいだけどちょっと太ってる」

「あの子の胸ったら。大きすぎ」

「あの女はちょっと痩せないとね」

「うわ、あのふくらはぎであのズボンはダメでしょ」


声に出して吐き出せないいくつもの陰口が口のなかをさまよっていた。人は心のなかに物差しを一つずつ抱えて生きている。そして他人に突き付ける。わたしの物差しは厳しかった。だから誰もがわたしみたいに外見に関する厳しい物差しを突き出して、わたしの体の隅々を評価していると思っていた。だから身長や顔はダメだとしても、わたしの「意志」で整えることのできる体型だけは完璧にしなくちゃと思っていた。「もう充分痩せたんじゃないの」「もう痩せるところないじゃない」なんて言葉を聞くと気分がよくなったけれど、わたしが完璧だと思える痩せた体型になるには、もっと体重を落とさないといけなかった。そうしないと人が言う陰口に耐えられないような気がした。

「ジェラは顔がちょっと大きいよね」
「ジェラは口がちょっと突き出してる」
「ジェラは脚がちょっと短いじゃん」
「ジェラは鼻がちょっと……」

直接聞いてもいない外見への評価を想像して恥ずかしくなる日が続いた。実際は他人の評価ではなく自分自身による評価だった。そんな偏狭で悪意に満ちた視線で自分の見た目を評価するように、他人の見た目を評価し、他人もわたしのようにわたしの見た目を評価していると思っていた。

過剰な過吐をやめ、徐々に日常を取り戻してからも、見た目へのこういった基準は変わらなかった。そのため、体重が減っているときは自分のことが好きでも、体重が増えてしまうと軽蔑した。敗北感に包まれ、人に会うのが恐ろしかった。「こんな姿、見せられないよ」。何か月もの治療で過吐する行為自体は改善したものの、精神的な部分は相変わらず足踏み状態だった。

しばらく経ったある日、ふと彼女のことを思い出してSNSを訪ねてみた。前とは違うものが見えてきた。あのころはただ幸せに違いないと思っていた彼女も、ほかの人と同

じように恋愛をし、胸を痛め、未来が不安になり、自分の失敗に挫折する、わたしと同じ人間だった。見た目は彼女を構成する要素の一つにすぎない。わたしが自分自身を見つめるとき、見た目だけじゃなくほかの部分も見ることができるようになったからこそ、他人のこともきちんと見ることができるようになった。

生きてみたらわかってくること

ベッドに横たわってぼーっとしていたら、電話のベルが鳴った。スマートフォンの画面に浮かんだ名前はほかでもない、妹だった。

「母さんが電話してみろっていうから。お姉ちゃん、生きてるの」

隠喩ではない。母は本当にわたしが生きているのか心配だったみたいだ。三十歳近くなってからは母が直接電話をしてくるけれど、わたしが二十代のころは妹にわたしの安否を確認させていた。いまでも母はわたしが生きているどうか心配になってときどき電話をしてくる。両親の店の向かいで店を営んでいた夫婦の娘が二十代半ばで自ら命を絶ってしま

ってからはじまった行事みたいなものだ。

向かいの店のお姉さんはわたしより三つ年上で、幼いころは一緒に遊んだこともあった。その店もうちの店も同じ場所に十年以上あったので、家族同士も親しくしていた。そんなお姉さんが自ら命を絶ってしまったのだ。わたしが摂食障害で精神科の治療を受けている最中だった。それまでは、母にとって自殺なんてものはニュースなんかに出てくる違う世界の話だった。なのに、小さなころから見てきた近所の子の自殺は、それがわが子にもいつだって起こりうるという不安を引き起こした。

近年、共感や癒しがトレンドキーワードになり、書店でも関連書籍が陳列台を埋めた。「自己肯定感を高める方法」「自分を愛する方法」「わたしらしくなる方法」を教えてくれるという本たち。果たして本一冊でそれらを理解できるのかと疑問は感じたけれど、多くの人たちが自身の内面を直視する流れは嬉しくてたまらない。そうやって少しずつ努力していけば、自分だけの答えを見つけることができるだろう。そのためにまずは生きなくては。何もかも生きていればこそわかることだ。

しばらく前に、若い人たちの残念な知らせが相次いだ。それを聞いて胸がえぐられるように痛かった。わたしは母の電話を待った。母は女性芸能人が亡くなったというニュース

を見ると電話をかけてくるからだ。過食症とうつ病を患う娘を育てている母は、娘のような年齢の芸能人が自ら命を絶つたびにドキッとしてしまう。もしかして電話に出ないんじゃないかと不安で直接電話をかけることもできず、妹に電話させるほどに。

待っていても母からの連絡はなかった。わたしがうつ病のどん底にいたとき、母も同じ場所にいたと後から知った。わたしが少しずつ体を起こしている間に、母も一緒に少しずつ体を起こしていた。わたしがしっかりしていくのと同じだけ、母もしっかりしていった。長い時間がかかった。すべてをなげうって育てたわが子が心の病になり、そのために母を恨んでいるとき、母は吐き出せないいろいろな言葉を飲み込み、数えきれないほどの眠れない夜を過ごした。最善を尽くして育てた子どもが病気になった瞬間、母を取り巻く世界も崩れ落ちた。うつ病を患った子の母は、子がしっかりするまで待っていてくれた。ほかの病になったときと同じように、替わってやれないことをもどかしく思いながら。そうやってわたしが空っぽで無気力にもがいていたとき、母は待っていてくれた。わたしが自力で立ち上がるまで。時折耳にする娘世代の自殺のニュースに気を揉みながら。そのころの母はどんな日々を過ごしていたんだろう。

同世代なら盆正月になると聞くという「結婚はしないの?」といった類の質問をされた

ことがない。大きな病気にかかった子どもの親がそう思っているように、わたしの両親もわたしがただ健康に生きていてくれるだけで充分だと思っているようだ。大病を患ったからこそ日常の大切さを知ったけれど、だとしてもうつ病のような苦痛はわたしも母も経験しなかったらもっとよかったのに、とは思う。

生きてみたら、わたしが自分のことを嫌っていたのは、実は自分のことを大好きだったせいだった。まさに自意識過剰だった。自分にひどく執着していた。ただ自分をもう少し放っておけばよかったのに。統制しようとも、むやみに努力しようとも思わず、完璧になる必要もなく。わたしがわたしから少し距離を置いてみたら、自分をどう扱えばいいのかわかってきた。一瞬にして気づかされる真理もあれば、時間をかけて念を入れてわかってくるものももちろんある。毎日ちょっとした日常が積み重なることで気づくいくつものこと。それは一瞬の気づきよりも強固でしっかりしたものかもしれない。

すべては生きてみたらわかってくることだ。

母からもう電話がないということは、わたしが自分を守れるくらいしっかりしてきたという意味だろう。簡単ではないけれど、一日一日をうまいこと生き抜いている。それだけで十分だし、それだけでも美しい。それでいいんじゃないだろうか。だからみんな生き抜

いてほしい。

家族になるための距離

二十代のわたしは、自分に起こる不幸はすべて家族のせいだと思っていた。なんにでも理由を見つけなければならず、一番近い人たちに矛先を向けたのだ。過去を振り返ってみると、いくつもの瞬間が恨めしかった。でもいまは家族という集団に違う考えを持つようになった。恨みが消え去ったというよりも、年を重ね、社会経験も重ねることでわたしも少しは賢くなってきたと言うべきか。

仲睦まじい家族の見本といえば、もともとは週末の連続ドラマに登場する大家族の姿だと思っていた。中庭のある二階建ての家に住み、時にはけんかもするけれど結局は互いをものすごく大切にする、そんな家族。だからわたしの家族は仲睦まじくはないと思っていた。周りの離婚した家庭を見るときや、両親のどちらかが家を出ていったり浮気をしたりしたというご近所の噂が耳に入るたび、「あれでもうちは仲よしなんだな」と思うだけだ

った。仲のよさは相対的なものだから、わたしの家族について説明するなら、過度に仲睦まじくはないけれど過度に仲が悪くもないくらいだと思っていた。ただ温度がぬるめの家族とは言えそうだ。気を揉ませる父と自らを犠牲にする母、そして言うことを聞かない子どもたちで構成された家族。

姉が大学を卒業する前までわたしたちは一つの共同体だった。韓国の一般的な家庭がそうであるように、べったり繋がっていた。一番近くにいて、互いを一番理解していると思っていた。わたしにどんなことが起きても、後ろには家族がいた。母がいた。母はいつも言っていた。

「大変なときは、ひとりで解決しようと悩んだあげくに間違ったやり方を見つけるんじゃなくて、母さんに言うのよ。母さんがいるからね」

母と父の間でいざこざが起きて、わたしにはそれが原因でトラウマも残った。だけど家族関係は比較的悪くなかった。ただ、同じＤＮＡを共有したということは、似た性格がいやおうなしにぶつかって互いを傷つけるという意味でもある。それぞれが似たようなエゴと冷たさを持つためだ。

子どものころは、家族と一緒にいるときの姿が本当の「わたし」だと思っていた。友だちといるときの明るい姿や、先生の前のちょっとませた姿は、どれもわたしが仕立てたものだと思っていた。そして、わたしは本当のわたしが嫌いだった。学校で褒められたことを母に自慢した。だけどわたしの自慢は母の自慢にはならなかった。どんなにがんばって勉強して努力しても、わたしは両親の誇りになれなかった。

姉は大学を卒業して大人になった。自分に責任が持てた。わたしは進学はしたけれどちゃんとした大人になれなかった。ずっと家族にべったり繋がっていたかった。家族のいない自分が想像できなかった。過食症を克服してようやく大人になった。家族から精神的に独立できるようになったという意味だ。でも相変わらず家族と一緒にいると、まだ大人になれない、未成熟な子どもに戻ってしまう。両親はいい歳をしたわが子を小さな子どものように扱うけれど、子どもは親をもう保護者と思ってはいけないと思う。親にとってわが子はいつまでも世間知らずの子どもに思えるものだ。これはわたしみたいに家族とずっとべったり繋がっていようとする子どもの成熟を妨げているかもしれない。

人間というものは多層的で多面的だから、簡単にはその領域の見当をつけることができない。にもかかわらず家族は、家族だからという理由で、互いを全部理解していると考え

る。互いが互いの限界を規定してしまうポイントだ。家族という型のなかではひとりの人間としての限界は越えられない。限界とは普通、最高の成果を出したときや最悪の結果を招いたときに刻まれるものだ。家族の一員としてうまくやれる人は、いつもうまくやらなくてはというプレッシャーを受け、できない人は常にできない人という偏見に閉じ込められてしまう。わたしは両親にとって「できない」人になった。

数回の失敗と失望を経て、母はわたしになんの期待もしなくなった。そのおかげでわたしの心が軽くなった一方で、家族との関係は悪化した。その理由としては、わたしの教育に投じた費用があり、四人の子どものうちわたしだけに与えられた特別な恩恵もあった。わたしは母にとっては自分を失望させた娘、姉弟たちにとっては自分勝手な二番目になった。わたしは幸せだったけれど、娘としてや姉弟のひとりとしては幸せではなかった。距離が必要だった。といっても、家族を愛しているので、仲睦まじくはないけれど仲が悪いわけでもない程度の家族になるための距離のことだ。

姉が結婚したあと、十九歳になったばかりの妹と一緒に暮らそうとしたがダメだった。わたしもまた、就職の準備で何か月間か母と一緒に住んだのを最後に、家族と一緒に暮らすことはもうないと誓った。家族とわたしは、まるで噛み合わせの悪い歯車みたいに、一

緒にいるとうまく動けないから。家族への愛情とは別の問題だ。ある程度の距離がむしろ互いへの愛おしさを募らせる。まるで恋愛みたいだ。愛情というものはすぐ近くにあると時折その大切さを失ってしまうものだから。

　父と母もただの人だった。幼いころは神様のように絶対的な存在だったけれど、彼らも親として未熟だった。それに親である以前にひとりの人間だった。いまわかっていることをあのころもわかっていたなら、わたしは過食症にならなかっただろうか？　たぶん違ったと思う。わたしたちは、いい関係でいるために家族だけど家族らしくない形を選んだ。元気でいるか連絡はするけれど、互いの人生にあまり深く立ち入らず、迷惑をかけないラインで過ごすことにしたのだ。

　故郷に住んでいる両親とは、特別な家族行事がない限りは年に二回、夏休みとチュソク（旧暦の八月十五日で、先祖を祀る祭礼などを行う。連休になるため帰省する人も多い）に会う。姉弟たちとはもっと会わない。妹とはご近所さんだけどそれぞれ違う部屋を借りて暮らしている。そのくらいがいい。家族がわたしを未成熟な存在だと思うように、わたしも家族のことを偏狭な視角から眺めるだけだから。ひどく近くにいると、互いによくない影響ばかりを与えていた。離れてはいるけれど存在しているということ、しょっちゅう会ったり連絡したりはしないけれど、わたし独りでこの世界

を生き抜いているのではないと思わせてくれる存在。それがまさにわたしにとっての家族の意味だ。そのくらいがいい。ゆるいのがいい。

第五章

両極端を経験して、自分なりのバランスを見つける

精神科治療の中断

「理想がかなり高いのね」

精神科での診療を受けはじめて二か月が経ったころ、担当医から言われた言葉だ。いまになって思えば、診療を拒むようになったきっかけでもあった。

摂食障害の治療では、精神科でのカウンセリング治療が必須だ。現在どういう状態かを正しく診断してもらい、その状態に適した治療を受けることが摂食障害を改善する第一歩になる。わたしもそうだった。初めて病院でカウンセリングを受けて家族に自分の病気のことを打ち明けると、過食と嘔吐はすぐに治まった。ただし、体重が増えることへの抵抗感は相変わらず強く、二か月間懸命に治療に専念したけれど、状態の改善はみられないと担当医は診断した。

診療をはじめてからは、週に一度のペースで担当医と一時間のカウンセリングを行った。カウンセリングが進むにつれて、最近のことから過去のことへと遡《さかのぼ》っていった。自分自身や家族、友だちについて話をしながら、わたしがどうしてこんな病気になったのか原因

を探っていった。担当医はわたしの話に耳を傾けてくれた。自分の病気をよく知る人が話を聞いて理解してくれるという感覚は、大きな安心感を与えてくれた。そのひと言を聞くまでは。

その日は、大学生活とこれから実現しようとしている夢について話をしていた。

「不思議なんです。小学生のころにピアノ教室の先生からわたしは記者に向いているみたいだと言われ、中学生のころには絵を見たおばからファッションデザイナーになればいいのにと言われて、いまファッション雑誌の記者になるのが夢なんです。言葉には力があるみたいですね。すっかり忘れてたけど、高校生のときに衣装デザイン科に進もうとファッション雑誌を見ていたのを思い出しました。雑誌を読むのがすごく面白くて、雑誌を作る人になりたかったんです。ピアノの先生とおばが言っていた言葉を一緒に思い出しました」

そして、先生のひと言が続いた。

「そっか。理想がかなり高いのね」

その言葉を聞いた途端、自分のなかの何かが崩れた。精神科で治療さえすれば、病気は当然治ると思っていた。精神科での治療でもっともつらいのは、医師の前に座ることでは

ないだろうか。その苦痛を乗り越えたのだから、ここからは快復するだけだと思っていた。けれど間違いだった。「我々も手を尽くしましたが残念です」という医療ドラマのなかの医師の台詞《せりふ》は、精神科でも当てはまった。

その日の戸惑いを隠したまま、一週間後に予定されているカウンセリングを待ちながら過ごしていたなかで、ある映画を見た。精神科病棟を舞台にした映画で、患者と医師の境界が少し曖昧《あいまい》な設定だった。患者の治療を担当してカウンセリングをする医師が、別の医師からカウンセリングを受ける場面が出てきた。途端に担当医に対する見方が変わった。救世主だと思っていた医師だって、失敗もするし悩みもする人間にすぎないんだということに気がついた。

当時、わたしが抱えていた一番大きな問題として、大学の同期たちのなかで感じる相対的剥奪感（他人が自分に比べて多くの権利や財産などを持っているときに、実際には失ったものはないのに、何かを奪われたと感じること）が挙げられる。取るに足らない自分が、とてつもなく能力のある人たちのなかに運よく混じって、キャバオーバー状態でついていったら壊れてしまうんじゃないかとずっと悩んでいた。そんな状態のなかで担当医から言われた「理想が高い」という言葉は、自分は能力不足だということを突きつけてきたと同時に、とてつもなく大きな烙印になった。

当時の担当医がどういう意図でその言葉を発したのかは、いまでもわからない。患者に対するちょっとした感想だったともとれるし、深い意味はなく単に投げかけられたひと言だったともとれる。

思いつめた状態で精神科を訪れる患者の場合、医師に依存するようになる。わたしもそうだった。自分の病気を治療してくれるのは、担当医だけだと固く信じていた。だから、担当医の言う通りに治療に取り組めば当然に過食症が完治すると思っていた。カウンセリングのために一生懸命に過去に思いを巡らせ、認知行動改善のために真面目に食事日誌を書き、薬もきちんと飲んだ。それでもいっこうに治る気配がなかったのは、医師に言われたとおりにしていれば病気は治る、と間違って信じ込んでいたせいだった。

映画監督は俳優が映画の意図を演技で表現できるようにディレクションする。けれど、俳優がみな監督の思い通りに演技できるとは限らない。演技に対する哲学を持ち、自分に任された役について十分に悩んだ俳優だけが、監督の意図を的確に表現できる。過食症の治療でも同じではないだろうか。担当医は過食症の症状について誰よりも把握していて、患者が治せるように診療する。けれど、医師が優秀で素晴らしい診療をしたとして、どんな患者も治せるかというとそうではない。患者にも医師の診療を受ける準備が必要だ。す

ぐによくなりたいという思いと、完治に対する強い意志だけでどうにかできるものではなかった。自分の病気を知り、自分自身について長い時間をかけて悩み、病気の原因を自分の内部に探し求め、その原因と十分に向かい合って初めて、ようやく病気の根源にたどり着くことができる。当時の自分にはその準備ができていなかった。二か月間、一生懸命に積み上げてきた努力は、担当医の些細《ささい》なひと言であっという間に崩れてしまった。

過食症を患っているあいだ、ずっとある考えが頭から離れなかった。「誰かわたしを起こして。立ち上がらせて」。ずっと倒れている気分だった。過食症をトンネルだと表現する人もいるけれど、わたしには倒れた衝撃が強すぎて、自分の力では起き上がれない状態のように感じられた。ひとりでは到底無理だった。誰かが起こして立ち上がらせてくれるのを望んだ。友だちや家族に手を伸ばしてみたけれど、誰もわたしのことを起こして立ち上がらせてくれる力を持ってはいなかった。医師ならば、この病気の専門家ならば助けてくれるはずだと思い、自分自身の足で病院を訪れたのだ。けれど、この病気は力を振り絞って自らの足で立ち上がらなければ治せない病気だった。

カウンセリング治療は、摂食障害の治療で一番重要な要素だ。けれど、カウンセリングという行為だけで病気を好転させることはできない。カウンセリングの過程を通じて、患

者は自分自身の内面と向き合わなくてはならない。わたしはその準備ができていなかった。

これ以上治療を続けるのは無意味だと思った。治療を中断した。けれど、人生にはいつも思いもよらないことが起こるもので、治療を中断すると病気はよくなった。まるで完治したかのように。彼氏ができたのだ。

わたしの話に耳を傾けてくれる人

過食症の治療をはじめたころ、高校時代に好きだった一学年上の先輩が軍隊を除隊したという話を聞いた。治療のために休学してアルバイトもせず時間を持て余し、過食はもうしないと決めていたこともあり、日常生活もいくらか安定していた。なんとも言えない意欲が湧き上がってきて、何かにエネルギーを注ぎ込みたくなった。そのエネルギーが携帯電話のボタンを押させ、高校時代に好きだった先輩に連絡した。それからしばらくして彼と付き合うことになった。

彼氏ができると病気は目に見えてよくなった。うつ病の症状も治まり、表情も変わって

いき、母を彼氏に会わせると感謝しているとお礼まで言っていた。いま振り返ってみても、彼はわたしの人生でかけがえのない人物だった。彼に助けられたと思っている。ここまで読んだ方は「自分で立ち上がらなくちゃならない？　結局は彼氏のおかげでよくなったってこと？」と思われたかもしれないが、この因果関係は正確なものではない。

過食症が急速に悪化しているころ、地元の友だちと頻繁に会っていた。大学の同期との関係にかなりのストレスを感じていたので、自然とリラックスできる地元の友だちと会うようになっていた。けれど、地元の友だちと会う機会が続いたせいで、病気が急速に悪化したに違いなかった。

当時はとてもつらくて、誰かにそのつらさをわかってほしかった。ただ、「大変だったね」というひと言が聞きたかった。けれど、つらいと言える場所がなかった。競争相手である大学の同期には弱みを見せてはならず、いいところだけを見せなくてはならなかった。家族にとっては、家計そっちのけで好きなことをしているわがままな存在だった。

四年制の私立大学に進学したことを喜ばれないのを不思議に思うかもしれないが、うちの家計を考えれば当然だった。四年制の名門大学を卒業して大企業に就職した伯父《おじ》たちと違い、父は大学には行かず製パン技術を身につけて店を開いた。父は四年制の名門大学出

身という高学歴なんかは、食べていくのに重要ではないと思っていた。結果的に伯父たちと父の経済的な水準は変わらなかったのでその考えは正しい。そのためか、手に職をつけることが大切だという父の考えは家族にも影響を与えた。姉は美容技術、妹は調理技術、末の弟は設備技術で生計を立てているからだ。そのなかでわたしだけが違った。父の技術に対するプライドに反感を覚えたのか、書くほうの仕事に魅力を感じた。ファッションを専攻しても、服を作るよりも服のことを書こうとしていたのは、そんな影響のせいだったのかもしれない。とにかくわたしは大学に通っているというだけで、家族にも不満を漏らしてはいけない存在だった。「何が不満なの」「こんなにしてあげたのに」というのがタグのようについて回った。

地元の友だちはわたしのつらさをわかってくれないだろうか。ある日、飲み会で大学生活がつらいと愚痴った。返ってきた言葉は「なんで？　でもあんたはソウルの大学に行ったじゃない」だった。わたしは多くの高校生が目標にする、夢の「イン　ソウル」大学に田舎の高校から進学した主人公だった。友だちとはいい大学に行くために何年間も苦楽をともにしてきたけれど、そのうち行きたい大学に進学できたのは数えるほどで、わたしもそのひとりだった。そんなわたしには大学生活がつらいなんて言う資格はなかった。「そ

れだけいい大学」に入ったのだから。大学に入学すると、地元の友だちにとってわたしはただただ羨《うらや》ましがる対象でしかなかった。周囲の人の目には、ほしいものをすべて手に入れたのに不満をもらす子として映った。話を聞いてくれる人はいなかった。共感してくれる人もいなかった。人の輪のなかにいてもひとりぼっちだった。

精神科での治療として担当医と出会った。実際、それだけでも治療には大きな助けになった。初めて自分の話に耳を傾けてくれる人と出会った。悪循環のループから抜け出せたからだ。けれど、太ることへの恐怖心を根本的に解決することはできなかった。担当医はわたしのことを人間的に理解したのではなく、どこまでいっても過食症の患者として医学的に理解しただけだ。けれど、彼氏との関係では初めて心から理解されていると感じることができた。こんなふうにつらいと話せる人、話に関心を持って耳を傾けてくれる人、理解しようと努力しているのを感じさせてくれる人。彼と話をするだけで多くの部分が変わっていった。

ときどき極度に敏感で感情的になるときも、彼はおおらかに受け入れてくれた。愛情が感じられた。生まれて初めて誰かに愛されているという感覚を知った。わたしはどんどん快復していった。おいしいものをおいしくお腹いっぱい食べ、面白い映画を楽しんで見た。

そのときどきの多様な感情を感じることができた。ずっと倒れていた状態からようやく起き上がったという感じがした。いまならなんでもできる気がした。けれど人生は思いどおりにはいかない。わたしはまもなくオーストラリアに発つことになった。

シドニーに発つ

韓国に嫌気がさし、外国に行けば韓国でのややこしいことや関係から解放されると期待していたけれど、そんな幻想は旅行だからこその話だった。旅行先が生活の基盤になった途端、旅行は日常になり、わたしを取り巻く複雑な状況もそのままくっついてきた。

オーストラリアでの生活は悠々自適でロマンチックだろうと、少なくとも韓国よりはましだろうと楽観的に考えていたけれど現実は違っていた。旅行から日常の生活になった途端、ロマンチックな海外生活なんかとは違ってきた。初日、一週間後、一か月後、そして一年後のオーストラリアはわたしにとってまったく別ものだった。

二十歳だった二〇〇〇年代の中ごろは、大学生のあいだで語学研修が視野を広げるため

のいい経験になったり、就職活動に有利にはたらいたりする時代だった。まだ世界金融危機の前で就職活動もいまほど厳しくはなく、大学生は就職で優位にはたらくスキルを身につけるよりも本や公演、映画やクラブなどにはまっていた。そのなかで一番活発だったのが旅行だった。そのときも大学生のあいだではヨーロッパ旅行が流行っていたけれど、誰もが味わえる贅沢ではなかった。

大学二年生になると、同期は次々に休学して語学研修に出発していった。留学に漠然とした憧れはあったものの、自分が行けるものではないと思っていた。「同期の子なんだけど、今度オーストラリアに語学研修に行くんだって」と、何気なく話したのを母はずっと気にかけていたようだ。過食症を打ち明けてからいくらも経たないころ、母から語学研修に行かせてあげるから調べるように言われた。実は語学研修に行きたい気持ちはそれほどなく、そこまで言われても治療を中断するつもりもなかったので、母の提案にはそれほど心は引かれなかった。それに彼氏もできたことでますます行きたい気持ちはなくなっていった。けれど母は断固として言い放った。「あんたが病気になったのはオーストラリアに行けないからなんだから、行ったら治るでしょ」。

過食症を打ち明けてから六か月後、二十一歳だった二〇〇六年六月にオーストラリアに

行くことになった。過食症は完治したような状態で、彼氏と遠距離恋愛になってもならなくても、なんの問題もなさそうに思えた。

当時はスマートフォンが発売される前で、英語の勉強のために電子辞書だけは準備したけれどノートパソコンは持っていなかった。韓国に電話をかけるためには国際電話カードを買って公衆電話からかけなくてはならず、その金額もばかにならなかった。ノートパソコンもないのでビデオチャットもできなかった（当然、カカオトークもなかった）。しかもオーストラリアのインターネットは従量制で、韓国人としては想像もつかないほど速度も遅く、留学生でも支払えるデータ量は一か月に一ギガバイトを超えない程度だった。ビデオチャットどころかユーチューブさえ見られなかった（当然、Ｗｉ－Ｆｉもなかった）。語学学校から家に帰ってきてできることといえば、テレビを見たりＤＶＤで映画を見たりすることだけだった。『シュレック』（２００１）を英語の勉強のために流しっぱなしにした。せっかくシドニーまで来たのに留学費用がもったいないと思ったからだ。英語の実力は飛び級をするほど急速に上達した。彼氏とは別れた。オーストラリアに来て二か月もしないころだった。そして急速に太っていった。

シドニーには親戚のお姉さんが結婚して暮らしていたので、彼女が留学の準備を手伝っ

てくれたおかげですぐに留学生活に慣れることができた。お互い忙しく、約二か月ぶりに彼女と顔を合わせたとき、彼女の目に戸惑いの色が浮かんだのを見逃さなかった。急にわたしが太ったからだ。彼女は「オーストラリアに来たらみんなそうなるのよ」と言った。あれほど太ることを恐れていたわたしがどうやって太ったのかって？　ただ、その国ではそうなったのだ。

オーストラリアは不思議な国だ。スーパーに行けば、ベジタリアンや乳糖不耐症の人向けの食品やグルテンフリーの食品など、さまざまな趣向と体質のための製品はもちろんのこと、その横にはファットフリーやカロリーハーフといったありとあらゆる食品が取り揃えられている。一方で、とてつもない規模の売り場全体にチョコレートがぎっしりと並んでいる。気になって現地の人たちの買い物かごのなかを覗いてみると、ファットフリーの食品とチョコレートが同じくらいの比率で入っていた。まるで「チョコレートを食べるためにほかの食べ物から摂取するカロリーを減らさなくちゃ」と言っているようだった。そのくらいオーストラリア人は甘い食べ物が好きなようだ。オーストラリアの国民的なお菓子と言われる「ティムタム」にしても、その甘ったるさで頭痛が起きそうなレベルだ。オーストラリアにある韓国料理店では、ほとんどの料理で甘さが強調されている。言葉通り、

強烈な甘さと強烈なしょっぱさが出会った「甘じょっぱさ」の元祖だ。これに暖かい気候の国特有のおおらかさと、他人の目を気にしない国民性などが合わさってオーストラリアの肥満率は世界でも一、二位を争うほどだ。最近の何年間かは食品に砂糖税を導入しなくては、という声も上がっている。

新しい環境に置かれたワクワク感と他国の文化を体験したいという欲求、ひとりぼっちだという寂しさが合わさった結果が体重の増加として現れた。旅行の醍醐味《だいごみ》は美食だというじゃないか。語学研修は旅行と留学のちょうど中間くらいで、学業のプレッシャーよりも「さまざまな経験を通して見聞を広めよう」という考えに落ち着きやすい。新しい食べ物や文化を経験するという名目でどんなものでも口にした。異国にいるがゆえの欠乏感は飢えとなって返ってきた。この飢えがどこからきたものかもわからないまま、ただの空腹と錯覚した。食べたことのないものを食べたいと思い、食べても食べても空腹は満たされなかった。

シドニーに来てすぐの二か月は、数年ぶりに食べたいものを思いっきり食べた時期だった。太っても気にしなかった。わたしは体格が小さいアジア人の女の子で、どんなに太っても欧米の女性に比べたら「小さかった」からだ。それはわたしにとって、心理的な安心

感に繋《つな》がった。自分のほうが優位に立っていると思えたからだった。彼らはわたしと違って比べるような見方はせず、はなから外見で判断しないだけでなく他人に対して関心もなかった。他人のことに口出ししたくなるおせっかいな韓国人とは違った国民性だった。だから太れたのだ。それから語学研修中に出会った人のなかに、スタイル維持のために食事制限をするような人はいなかった。みな食事の時間になればお腹が減り、お腹いっぱいになるまで食べるのを当然だと考えていた。わたしの周りには、体重や食べ物といった要素で刺激してくるものは何もなかった。二か月ぶりに会った親戚のお姉さんから戸惑いの視線を向けられるまでは。

英語の勉強が面白くなっていたわたしは、友だちについて行って受けたアカデミッククラスの試験に思いがけず受かってしまい、やる気を出した。六か月の予定だった語学研修はこのクラスの過程を終えるために十か月に延びた。十か月のあいだにオーストラリア国内の専門学校に入れるレベルの英語を身につけ、せっかくここまできたならオーストラリアで専門学校に進もうと決心した。どのみち韓国には嫌気がさしていたところだった。そしてダイエットに突入した。専門学校に入学する準備と入学時期の調整のため、一年ほど韓国に戻らなくてはならなかった。韓国にはスリムな女性が大勢いる。彼女たちのなかに

戻ろうとするなら、また痩せなくてはならなかった。

愚かな関係

空港で涙ながらに離ればなれになった記憶は色あせ、オーストラリアに到着してまもなく、初めてできた彼氏と別れた。自分は本当に彼を愛していたのかと思うほど、距離が遠くなると心まで自然と離れていった。わたしに遠距離恋愛は無理だった。見知らぬ国での新しい環境や人間関係に毎日がワクワクの連続だった。このワクワク感のおかげか、出会いはいとも簡単に好感に変わり、好感は恋愛感情に変化した。そうして、シドニーにやって来て二か月も経たないうちに新しい彼氏ができた。人生で二人目の彼氏だった。

語学学校の入学初日に彼と出会った。同い年の彼は、わたしよりも一か月先にオーストラリアに来ていたという。英語はまだまだだが一八〇センチ以上という高身長にユーモアのある話しぶりは、語学学校内では国籍問わず人気があった。その人気は彼をさらに魅力的に見せていた。

彼はお酒が好きで、毎週金曜日に開いていたパーティーで一緒にお酒を飲むようになり、そうするうちに友だち以上恋人未満の関係になった。たぶんこっちが彼にぞっこんだった気がする。彼女になりたかったけれど、彼のほうは短期の語学研修生だったわたしとは、その微妙な関係のままでいるのを望んでいた。向こうの気持ちを知ったことでさらに欲が出てきた。意中の彼の気を引くため一生懸命に努力した。その日もそんな日だった。試験を受ける彼を待って一緒に晩ごはんを食べたかった。二時間くらいかかる試験を待っているのは退屈なので同じ試験を受けた。エッセイを二つ書かなくてはならない試験を終えて、一緒に晩ごはんを食べてお酒を飲んだ。実を言えばわたしにとって試験は重要ではなかった。

数日経って嬉《うれ》しい知らせと悲しい知らせがいっぺんに飛びこんできた。自分の合格通知と彼の不合格通知だ。わたしは基本的な文法もまともに知らないままオーストラリアにやって来た。基礎クラスで一か月過ごし、中級クラスに飛び級した。言語そのものが好きだったわたしにとって、英語の勉強は新しい世界に足を踏み入れる経験だった。面白かった。学ぶ喜びとはこういうものなんだろうな。試験なんて重要じゃないと思いつつも、予想外の結果に気分がよかった。母が苦労して送ってくれたお金を無駄にせずにすんだ、という

安堵感を抱いた。けれど、わたしが喜んだのと同じくらい彼は絶望した。自分の合格を心から喜ぶことはできなかった。

合格と不合格の知らせを聞いた日、語学学校の授業が終わると二人でお祝いと慰労を兼ねてお酒を飲みに行った。郊外に住んでいた彼は、日が暮れるとわたしの住んでいた都心のシェアハウスの前まで送ってくれた。シェアハウスは巨大なビルに陣取った高級マンションで、ガラス扉の奥では警備員が出入りする人を管理していた。その巨大なビルのなかの、小さなシングルベッドくらいがわたしの空間だったのだけれど。

酔いがさめないままゆっくりと歩き、ビルの前に着いた。ときどき部屋まで一緒に行くこともあったけれど、その日はそうならなかった。離れるのが名残惜しくて、ガラス扉のなかに入れずしばらく彼を見つめていた。彼は煙草を吸おうとしたのかポケットから煙草の箱を取り出した。すると彼の手のなかにあったはずの煙草の箱が、急にわたしの顔めがけて飛んできた。驚きを感じるひまもなく、首すじに強烈な痛みが走った。息ができなくなった。首に巻きついた彼の分厚い手のひらを振りほどこうとしたけれど無駄だった。

大声を聞きつけた警備員が飛び出してきて、首を絞められたままガラス扉にもたれかかっているわたしを見つけた。彼を引き離した警備員は警察を呼ぼうとした。二人ともつった

ない英語で警備員を止めた。友だち同士の悪ふざけだと笑みを浮かべて伝えた。警備員の怒声をよそに部屋に上がった。次の日、わたしたちはお互い何事もなかったかのように接した。

わたしが受かって彼が落ちた試験は、オーストラリア国内の大学への入学準備クラスに入るためのレベル確認テストだった。短期の語学研修を目的にやって来たわたしにとって、その試験は無用の長物だった。一方、留学生だった彼にはシドニーの四年制大学に入らなくてはならないという大きな課題があったのだ。外国の大学を卒業したあとは父親の事業を継がなくてはならないのだと言った。その試験は五年間オーストラリアにとどまることになる彼が、家族に見せなくてはならない最初の成果であり、彼はそれに失敗した。わたしは思いがけず合格した試験結果に勇気をもらい、大学準備クラスに入ることに決めた。四か月の予定だった語学学校の登録期間をさらに四か月延長した。幸い、二か月後のレベル確認テストで彼が合格した。だから二人とも、あの日の一件は最初からなかったことのように知らんふりしていられたのだ。

その日以降、彼には一つ癖ができた。噛み癖だった。一日に何度も真っ青なあざになるほどの強さでわたしを噛んだ。あまりの痛さにイライラすると、じゃれているだけだろと

笑う彼に対して腹を立てる気にもなれなかった。そうやって体のあちこちにあざができた。当時は本当にじゃれていると思っていた。果たしてじゃれ合いだったのだろうか？　そして、「あの日」のできごとは、感情を制御できなかった彼がたまたま起こした行動なだけだったのだろうか？

四か月が経ち、この疑問に対する答えが見つかった。わたしは大学準備クラスをレベル五で通過した。オーストラリア国内の二年制大学に入学できる点数だった。基礎がしっかりしていないわたしにとって、これだけでもとんでもない成果だった。そして彼は大学準備クラスの次のレベルに昇級するためのテストに落ちた。わたしたちは四か月前とまったく同じ状況にふたたび直面することになった。今回も彼はわたしに手を上げただろうか？

いや、今回はプリンターを投げつけて壊した。

四か月間の軽い関係で終わらせたかった彼の気持ちに反して、わたしのオーストラリア滞在期間は長くなり、そのあいだに二人の気持ちも進展していった。そしてシェアハウスの契約期間が終了して韓国への帰国の時期が迫っていたころ、彼の家にしばらく泊めてもらっていた。彼が二度目のレベル確認テストに落ちた日、一緒に家に帰ると酒に酔った彼は部屋にあるものを壊しはじめた。課題を提出するたびによく使っていたモノクロ印刷の

レーザープリンターを投げつけた。そのプリンターを買うためにシドニーをあちこち探し回ったのを急に思い出した。プリンターは粉々になった。直してまた使うこともできないほどに。プリンターが床に落下する瞬間、うずくまって腕で顔をかばった。彼がやめるまでそのままだった。彼の横で自分を守る方法はそれしかなかった。いまもその日のことを考えると白いカーペットだけが思い出された。怖かった。生まれて初めて感じる類の恐怖だった。母や先生に叩かれるのとは違った。彼らは保護者だった。その暴力は保護のなかでのものだった。彼の暴力は違った。わたしは生まれて初めてまったくの他人からの暴力に晒《さら》された。守ってくれるものは何もなかった。

その日以降も二人は何ごともなかったように過ごした。彼を理解していたわけではなかった。彼の暴力を自分のなかで正当化したわけでもなかった。当時まだ冷めていなかった愛情のせいだった。そんな仕打ちをされてもまだ彼が好きだと思っていた。愚かにも。

わたしは語学学校でのカリキュラムを終えて韓国に戻った。彼とはたまに連絡を取り合っていた。数か月後、彼が韓国にやって来た。またレベル確認テストに合格して、カリキュラムをすべて修了した様子だった。満足そうに見えた。彼が韓国にいるあいだに二度ほど会った。バイト先にやって来ることもあったし、一緒にお酒を飲みに行ったりもした。

最後の朝、わたしの部屋から出て行ってまもなく電話がかかってきた。財布を忘れたと。四階の自分の部屋のベランダから財布を落としてあげた。そうして彼とは終わった。

彼との関係はきっぱり終わっても暴力の後遺症はそうそう簡単には終わらなかった。彼に抱いていた愛情は、時間の経過とともに憎しみを超えて怒りに変わっていった。彼が振るった暴力はどんな理由があろうと許されるものではなかった。その関係から解放されてようやく自分の愚かさに気づいた。それでも、ふたたび同じ状況に置かれたら、物理的な力に対する恐怖に打ち勝って抵抗することができるだろうかという疑問は残った。白いカーペットから視線を上げて、彼に「やめて」と言えるだろうか？　物理的な力で問題を解決し、優位に立とうとする連中を嫌悪するようになった。そして、男性が自分を救ってくれるという幻想からも目が覚めた。ありがたいことに、怒りはわたしが忘れてしまっていた生きる原動力になってくれた。

わたしはメルボルンにある専門学校に進み、グラフィックデザインを専攻することにした。韓国での作品をポートフォリオにして提出したところ、たまたま合格してしまったようだ。そして、彼のほうはシドニーの名門大学に合格したという話を耳にした。

覚えてる？　あんたがわたしにしたことを。

失敗の記録

結果的にわたしの留学生活は失敗に終わった。二年間のカリキュラムなのに一年目の途中で韓国に戻った。過食症が再発したためだ。

語学研修を終えて韓国で十か月過ごしたあと、専門学校の入学時期に合わせてメルボルンへ発った。メルボルンはオーストラリアでもデザインの分野で有名なところだ。そのせいか、シドニーが韓国の江南《カンナム》駅のような感じだとしたら、メルボルンは弘大入口《ホンデイック》駅に似た雰囲気を感じた。個性が際立っていてカラフルな街だった。

シドニーよりも小ぢんまりした都心には、生活に必要な施設がぎゅっと集まっていて、都心近郊に足を延ばすと派手なアダルトグッズの店が扉を開けて営業しているような面白い街だった。特に、別れた彼氏と同じ街にいないということで晴れ晴れした気分になった。

メルボルンに到着すると、心地いい不安感が入り混じったときめきに気持ちが浮き立っていた。住む家や語学学校のことも、親戚のお姉さんが全部準備してくれたシドニーの語学研修のときとは違い、メルボルンでは一から十まで自分で全部やってのけなくてはなら

なかった。担当の留学エージェントはシドニーにあり、語学学校に一緒に通っていた友だちのなかでメルボルンに移った人はいなかったため、もっぱらひとりで生活の基盤を整えなくてはならなかった。変わっていったことはほかにもある。わたしは習慣としてお酒を飲むようになった。

韓国で大学に通っているときには、お酒を飲むことなんてほとんどなかった。アルコールはダイエットの最大の敵だからだ。友だちとの飲み会で一、二か月に一度くらい口にする程度だった。シドニーにいるあいだは毎週のようにパーティーが開かれ、毎週のようにお酒を飲んだ。彼氏と付き合うようになって彼がお酒好きだったこともあり、わたしも好きになった。それがはじまりだった。けれど、ほかの中毒性があるものと同じように、はじめるのは簡単だが、やめるのは簡単ではなかった。そうして、シドニーから韓国に戻っても週に一回程度はお酒を飲んだ。お酒を飲むために誰かと会うことも煩《わずら》わしく、家でひとり飲みするようになった。はじめはビールを三缶程度だけだった。それに合うつまみの量はケンタッキーのフライドチキンを二本くらい。週に一度、自分を甘やかす機会としてはちょうどよかった。けれど、次第にお酒の量が増えていった。酔っぱらって気持ちがよくなると、もっと気持ちよくなりたくなってさらにお酒を求めるようになった。食べ物だ

けでなく、お酒も調節できなかった。

お酒に酔った人は吐く。お酒を飲んで吐くのは、酒癖として褒められたものではないけれど、そういうことだってありえると思われている。ときどき、いっそ吐いてしまえと言う人たちもいる。お酒を飲んで吐くのは比較的よくあることだ。羞恥心や罪悪感はそれほど抱かない。「異常」ではないからだ。そうやってお酒をもう少し飲むために、つまみをもう少し食べるようになった。酔いは食欲を刺激した。すでに満腹感が許容量を超えて、食べたものを全部吐き出してしまいたいと思った瞬間、どうせ吐き出すなら食べたいものを食べたいだけ食べてしまおうという考えに至った。お酒を飲んで吐くのは正常な行動なんだから。わたしが過食症だから吐くのとは違うんだから。

摂食障害の患者の多くがアルコールの問題を経験する。普段は食べ物を受け付けないのに、お酒に酔うと食べ物を口にしたり、食べずにお酒ばかり飲んでしまったりするなどと症状はさまざまだ。わたしの症状はアルコール摂取を伴う過食症だった。お酒と一緒に過食をすれば、嘔吐したあとも酔いが残っていてそのまま眠ってしまうことが多いので、過食の後ろめたさを感じずにすんだ。お酒を飲んで吐くのは普通のことだと思っていたため、過食嘔吐することに余計な罪悪感もなかった。週一度の食べたいものを口にする日、そして食

べたものをすべて吐き出してしまってもいい日。お酒を飲む日は過食症を甘やかす日だった。いや、そうできてさえいれば留学を途中で諦めるようなことはなかっただろう。

すでに韓国での大学生活に失敗していたので、今回こそはうまくやりたかった。やる気がみなぎっていた。けれど、メルボルンでの生活が順風満帆だったのはほんの一瞬だけだった。わたしのやる気とは関係なく、学校生活にはいばらの道が広がっていた。専攻したグラフィックデザインは、社会福祉や料理のように永住権を得るのに有利な分野ではなかった。同じクラスでつたない英語を話す東洋人女性はわたしだけだった。オーストラリアの大学が認定する英語レベルのテストでは学校側が必要としているレベル以上の結果を出していたし、語学学校ではなかなか優秀だと言われていたので、自分は現地の大学で学べるくらい英語が使えると思っていた。たった八か月習っただけの英語を使い、ネイティブの学生たちに交じって新しい技術を習得しようとするのは容易なことではなかった。特に、コンピューターを使い慣れていない人がフォトショップやインデザインのようなプログラムを英語で習うのは不可能に近かった（と思っている）。オーストラリアには数万人のアジア人留学生がいて、彼らの多くは学業態度が真面目だとは言い難かった。さらに大多数の東洋人女性は、オーストラリア人男性との結婚を目的にやって来ているという誤解を受け

ていた。現地の人から向けられる視線は決して好意的なものではなかった。少しずつ英語が上達し現地の雰囲気に慣れるにしたがって感じたのは、オーストラリア人のなかにある東洋人に対する嫌悪だった。もちろん、みんながみんなそうではなかった。高校を卒業したばかりの比較的若い子たちは好意的に接してくれたけれど、彼らと仲よくなることはできなかった。

外国に勉強しに来てまで同じ国の人とばかり付き合うのを非難する人もいるけれど、これも生き残るための一つの方法だ。韓国の大学生活でも情報が一番重要だったように留学生活でも同じだ。言語の壁を乗り越えられずにアウトサイダーになってしまったわたしは、学校生活への適応に失敗した。いつもわたしの把握していない課題が出されていて、教授の指示が理解できずに隣の席のモニターを覗き見なくてはならなかった。何をすべきか質問しても英語で返ってくる答えを理解することができなかった。そして、その程度の自分自身に耐えられなくなった。ストレスを解消するために甘やかす日を作った。お酒を飲んで高カロリーのものを食べ、すべて嘔吐した。気分転換になった。

学校生活はつらかったけれど、苦労してお金を送ってくれている母のことを思うと粛々《しゅくしゅく》と通い続けた。少ない小遣いをやりくりして、授業とは別にレッスンまで受けた。

レッスンの講師は学校で習得できなかった技術を教えてくれて課題も手伝ってくれた。そうやってどうにかこうにか一学期を乗り切った。

一学期を乗り切り、香港出身の人たちと住んでいたシェアハウスを出て、韓国人が住むシェアハウスに引っ越した。英語力の向上よりも、少しでも会話らしい会話ができる人間関係が必要だった。引っ越した先は一階にリビングとキッチン、二階に三部屋とバスルームがある造りだった。わたしと同じ学校の産業デザイン科四年に通う同い年の子と、ワーキングホリデーのビザでオーストラリアに来た一つ年上のお姉さんが、それぞれ二階の部屋に住んでいた。部屋を貸してくれたのは四十代の韓国人男性だった。彼は大家から借りた家の部屋を家賃月払いの方法でわたしたちに貸してくれた。平日は一階を仕事に使うと言った。本人は男性なのに女性ばかりを入居させているのは、女性のほうが男性より清潔で静かだからだという理由だった。彼のことは気に食わなかった。何かされたわけではないが、彼から不快感を感じ取っていた。

しばらくしてわたしが越してくる前、夜になるといまのわたしの部屋から悲しげな泣き声がしていたという話を同居するお姉さんたちから聞いた。以前住んでいたその子の送別会を兼ねた食事会で泣き声のことを訊くと、家を貸してくれている韓国人男性が、ある日

彼女のベッドにもぐり込んできたという話だった。彼が家にいる時間帯には、わたしのほうはまるで部屋にいないかのように音を立てずに過ごした。トイレも我慢した。彼と顔を合わせるのがすさまじく嫌だった。それでもその価格で個室に住めるところはほかにはなく、そのままそこに住むことにした。すぐに長期の休みになった。

彼が留守にする時間帯や週末に買い物をして、学校の図書館でＤＶＤを何十巻も借りてきては、部屋で一日じゅう映画やドラマを見ていた。一階のキッチンを使うのが嫌で、簡単に食べられるものを部屋に準備しておいた。彼を避けて英語の勉強をするという二つの目的には忠実な休みの過ごし方だった。そうして休みが終わるころには体重が十キロも増えていた。過食症が再発した。

メルボルンで再発した過食症は以前のものとは違っていた。とてつもない減量のあとに、また太るのが怖くて発症する過食症ではなかった。わたしが向き合っている状況自体に耐えられなくなった。それが食べることに向かったのだ。食べ続けるために胃を空にした。人生での最高体重をたたき出した。どんなことであろうと行動しなくては、という圧迫感から手あたり次第食べた。次の学期から新しい気持ちで学校に行こうという決心もたちまち崩れ去った。丸一日学校に行って帰ってくると、二日間は何もしたくなくなった。それ

でも力を振り絞って学校に行ってくると、また二日間何もする気が起きなかった。それでも母への申し訳なさや失敗したという現実を認めたくなくて、何かしなくてはと焦った。そんな思いを抱くたびに過食を繰り返した。

諦《あきら》めて自由になる

メルボルンの狭い部屋でしばらくどんより過ごしていた。にっちもさっちもいかず、どんよりするうちに腐ってしまいそうだった。こんなふうに生きることになんの意味があるんだろうかと思ったけれど、それでも死にたくはなかった。もっとましな人生を歩む自信もなかった。二学期の折り返し地点を過ぎると、かろうじて出席していた授業にも出なくなった。相変わらず食べ続けては嘔吐するのを繰り返していた。バスルームはわたしのほかには同い年の子しか使わなかったので、過吐がばれることはなかった。彼女は学校生活で忙しかったからだ。

ある日、電話がかかってきた。学校からだった。しばらく欠席が続いているからだと告

げられた。わたしは伝えることにした。

「I decided to go back to Korea（韓国に帰ることにしました）」

伝えたことではっきりとした。わたしは韓国に帰りたかったのだ。けれど、母を失望させる決心がつかずに躊躇《ちゆうちょ》していた。その状態のまさらに一か月が過ぎた。一か月のあいだに多くの変化が訪れた。隣の部屋の同居人たちと頻繁に会うようになり、嘔吐が治まっていった。食べる量も自然と少しずつ減っていった。毎日、晩ごはんをシェアハウスの仲間たちと一緒に作って食べることで、少しずつ心理的な安定を手に入れた。ついに母に話を切り出す決心がついた。母に電話をした。

「韓国に帰ろうかな」

母は何も言わなかった。

オーストラリアでしてきたことをすべて整理した。語学研修と留学の準備期間を含めて、約三年という時間がすべて水の泡になった。母にとっても同じことだった。わたしが放棄するということは、母が何年ものあいだ投資してきた多くのものを放棄することだった。

母の努力に対する裏切りだった。ただ自分のために。

大学だろうが留学だろうが費用がかさむことはわかっていたけれど、母の援助を望んだ。

将来たくさん稼いで返すから、成功して親孝行すればいいだろうと考えていた。自分の成功と両親の成功を同一視していた。けれど、留学に見切りをつけることで、生まれてはじめて自分のためだけの、自分勝手な選択をした。

母にとってわたしの留学は、この先、妹と弟が外国で生活する基盤を作るためのものだった。だからこそ無理をしても、数千万ウォンの金をわたしに投資することができた。わたしがすべてを諦《あきら》めて韓国に帰るなんて、母には到底受け入れられないことだっただろう。それでも母はわたしの帰国を許してくれた。いや、わたしを見放したというほうが正確かもしれない。無理にやらせるべきではないことを母もわかっていた。

これまでの両親とのいざこざは、すべてわたしの欲が原因だった。いい大学に行きたいという欲、成功したいという欲に多くの投資を要求して、母にとっては負担だったはずだ。過食症でさえ、語学研修に行けないから発症したと考えていたほどなのだ。母から投資してもらい、わたしはひたすら最善を尽くした。いつも満足のいく結果というわけではなかったけれど、最善を尽くしたうえでの失敗はその結果にさえも価値がある。そんなときは失敗しても罪悪感はなかった。けれど、留学を途中で諦めるのは罪悪感が伴う失敗だった。留学は失敗してはいけないことだったから。留学を諦めて、わたしはいい娘でいることに

も失敗した。けれど皮肉なことに、いい娘でいるのを諦めたら心が軽くなった。

　ある人は、人生の大きな決断を下したあと、二度目の人生を与えてもらったと思っていると話す。わたしの場合は違った。留学に失敗したことでわたしは死んだ。ただ死んだだけだ。あとに残ったのは、戦力外通告を受けた人生だけだ。新しい人生などない。わたしという存在が地の塩、世の光（聖書の言葉で、「地の塩」は塩が味をつけたり腐敗を防いだりするように、社会を清め役に立つ存在を意味し、「世の光」は光が周囲を明るく照らしたり暖かさを与えたりするように、人々を導く希望の存在を意味する。）となるなんて考えもしなかったし、日常に埋もれて以前は気づきもしなかった些細なことを、改めて大切だと考えられるようにもならなかった。ただ、誰もわたしにこれ以上期待はしないと思っただけだった。いなくてもいい存在になったのだ。

　そうして、いい娘だった過去の自分を葬った。両親を失望させてはいけない、立派な人間にならなくてはいけないと考えるいい娘はいなくなり、わたしには戦力外とみなされた人生が残った。そんな人生でわたしは何になってもいい。誰も期待なんてしないので、自分の場所や状況に応じてできることをすればいい。少し適当でもかまわない。

　戦力外通告を受けた人生がはじまると自由だった。もうちゃんとやらなくてはと思う必要がなくなった。誰かに認めてもらうために必死になっていた人生が、自分の幸せのための人生に変わった。両親の愛情を得るために必死になっていた子はいなくなった。

しっかりとしていく生活

過食症が治まった。嘘みたいに。何もしていないのに過食症がなくなった。ただ韓国に戻ってきただけなのに、たったそれだけで何か月ものあいだ嵐が吹き荒れるように襲ってきていた食欲が消え去った。もう体重も増えていた。全部はじめからやり直しになった。そのはじまりに母の支援はなかった。生まれて初めて、すべてを自分の手でやらなくてはならなかった。はじめはやる気がみなぎって希望に満ちあふれていた。気持ちがよかった。なんでもできるような気もした。過食症になってからはずっと倒れている気分だった。倒れているわたしの上に何層にも埃《ほこり》が積み重なって、もうそのまま固まってしまったんじゃないかとまで思った。石のように固まった埃のなかで慎重に動いた。不安に身を震わせていた時間はなんだったのかと思うくらいあっけなく、埃は払い落とされた。過食症になってから初めて自分の足で立ち上がった。倒れてからずっと立ち上がれなかったのは、自分の足で立とうとしなかったからだった。ずっと誰かが起こしてくれるのを待っていただけだった。病院での治療も彼氏の存在も大きな助けにはなったけれど、治療のために必要だ

った決定打は、自分の足で立ち上がることだった。誰の手も借りずに立ち上がった自分が気に入った。

ひとまず大学に戻ることにした。これから何をするか決めてはいなかったけれど、大学の勉強を最後までやり遂げたかった。これから二年間通わねばならず、学費を支払う余裕がなかった。学生ローンを組んで捻出した。過食症のせいで二十代のほとんどの時間がスキップされてしまった。大学を卒業するころには三十歳になっているだろう。就職難はだんだん厳しくなっていた。険しい道のりが予想された。それでもかまわなかった。遠い未来のことよりも、目の前にある自分がやるべきことに集中しようと決めた。

オーストラリアから帰国した翌年の春学期から大学に戻ることにした。学則では二年以上休学すると自動的に退学扱いとなってしまうため、再入学する必要があった。長いあいだ大学を休むことになった理由と、学業に対する熱い思いを込めた再入学の願書を学科長に送り、大学に戻れることになった。入学まではまだ八か月あった。何をすべきかは定まっていた。お金が必要だった。

メルボルンに発つ前に数か月間働いていたチェーン店のカフェで、またアルバイトをはじめた。カフェの近くでビヤホールのアルバイトも探した。午前中はカフェで、午後はビ

ヤホールに行くという生活が二か月ほど続いた。ほかのアルバイト仲間に用事ができて休むことになると、週末もときどきシフトに入った。体もきつくて寝不足だったけれど楽しかった。以前の人生とは違った。完全に自分の力で生きている人生だった。しばらくして、親戚の紹介で大企業の社内システム関連をアウトソーシングされているコールセンターで働くことになった。午前九時から午後六時まで、スマートフォンとその社内アプリに関する役員たちからの相談の電話を受けた。世の中の発展は早く、思った以上に変わった人たちも増え、スマートフォンのバグも多かった。コールセンターの仕事のあとはカフェの最終のシフトに入った。カフェの仕事を終えて帰宅するころには、夜中の二時を過ぎているような生活を八か月ほど続けた。食欲よりも寝たいという欲求のほうが強かった。それでも通帳に貯まっていくお給料を見ると幸せな気分になった。

そして大学に戻った。四年が経った大学はいろんなことが変わっていた。学生たちはノートの代わりにノートパソコンを持ち歩いていた。果たしてなんのためだろうかと思えるグループワークが講義のたびに必ず行われて、スペックという単語がもはや当たり前に使われていた。変化をよそ目に、わたしは自分ができることにただ集中した。紙のノートを使い続けたし、グループワークもひとりでこなした。スペックを集めるよりも卒業するこ

とを目標にした。それはわたしがやり切れるベストだった。取るに足らないけれど自分で作り上げた人生だった。

そして猫がやって来た。子猫に初めて会ったとき、白い綿埃《わたぼこり》のように見えた。埃という意味のモンジと名付けた。「猫でも飼ってみようか?」と言ったのを本気にして、しばらく一緒に暮らしていた妹は本当にどこからか猫を連れて来たのだ。慌てたけれど白い紙袋に入った子猫は本当にかわいかった。わたしはモンジの家族になった。モンジはまるでこの世界には自分たちだけしか存在しないかのように接してきた。わたしはモンジの唯一の家族になった。

大学を卒業して就職できなかった数か月間、外出もせずに過ごした。ときどき食べるものを買いに家の前のスーパーに出かける以外は、ひとり暮らししていた半地下の部屋から地上に出ることはなかった。お金がもったいなかった。仕事にも就けていない状況で遊びに出かけるなんて贅沢だと思った。そうして、ある限界点に達したとき、ちょうど友だちから会おうと連絡がきた。

シャワーを浴びて、基礎化粧品で念入りに整えたあと化粧をした。ドライヤーで髪を乾かし、全身にボディーローションを塗り込んだ。そして楽だけど外出する気分にさせる花

柄のワンピースを着た。数か月ぶりに外出用の服を着て化粧をした自分が、見慣れない存在に感じられた。かわいく見えるかはそれほど重要ではなかった。外出するために身だしなみを整えたということ自体に少し興奮していた。

家を出て光化門《クァンファムン》に向かった。住んでいた部屋は半地下にしては日当たりがよかったけれど、それでもどうしても陰気さと薄暗さが強かった。窓を開けて地面が見えると、自分がほかの人たちよりもはるか下にいるということをまざまざと見せつけられた。わたしは地中で生きる人間だった。そんな半地下の部屋から出て狭い路地を抜け、地下鉄に乗るためにまた地下にもぐっていった。そうして光化門に到着すると階段を上った。何か月かぶりにたくさんの光を全身に浴びた。道が気持ちよく見渡せた。人間って、こんなに遠くまで見ることができたんだっけ、と改めて実感した。

友だちを待つ十五分くらいのあいだ、大手書店の教保《キョボ》文庫前のベンチに座り、ぼうっと道行く人たちを眺めていた。誰もがきらきらと輝いていた。うららかな天気のおかげだと思ったが、そうではなかった。わたしの心がきらきらしていた。化粧をしていたからとか、ほっそりとしたからとか、流行りの服を着ていたからなんてまったく関係なかった。ただ、自分の人生を生きながら、今日も自分の目的地にたどり着くために一生懸命に進んでいる

存在というだけで、すべてがきらきらと輝いて見えた。

半地下に暮らした数か月という時間が修練の機会になったのか、わたしの美に対する基準が変わっていた。

ある種の変化はこうやって訪れる。少しずつ移り変わっていく変化もあれば、とんでもない事件が起こって一瞬のうちにすべてがひっくり返ってしまう変化もあるし、なんの前触れも大きな事件もないのに突然変わってしまうこともある。まるでマイレージが貯まるかのようにどこかに貯まっていたけれど、使える基準まで達した時点で作動するような感じだ。

わたしもそんなふうに変わった。少しずつ少しずつ変わっていると感じたこともなく、カウンセリングでも変わらないように思われたものが、ある日突然変わった。こつこつと積み上げられてきた変化の力が、数か月ぶりに外に出かけた瞬間にいっぺんに現れた。自分に対しても寛大になり、他人に対しても寛大になろうと積み重ねてきた努力が、ある瞬間に動き出すようなものだと思った。無駄だと思いながらも変わりたい、ましになりたいと繰り返し悩み努力してきたことは無意味ではなかった。わたしのなかで変化のマイレージとして貯まっていた。そうやって自分をありのまま受け入れられるようになり、愛せる

ようになった。

悪循環ではないが好循環でもない

大学を卒業してからは就職活動に追われた。昼夜問わず作成した卒業制作は就職ではまったく役に立たず、スペックといえるものも特に備えていないのに、年齢だけはすでに就職準備中の身としては最低ラインをオーバーしてしまった状態だった。大学に戻ってからも続けていたカフェのアルバイトだけでは、月々の家賃と最低ラインの生活費を工面するのがやっとだった。履歴書と自己紹介の書類を出す生活が数か月間続いた。月々十三万ウォンの半地下の部屋はほら穴のようだった。一か所だけ開けられる窓から、コンクリートの地面に沿って入り込んでくる澱《よど》んだ空気だけが時間の流れを思い出させた。自分の人生はいまよりましにはならないんじゃないか、という不安がときどき押し寄せてきた。そのあいだ、体重は最低値を記録して、また最高値に達した。ダイエットはしなかった。かわいく見られたい、ほっそりしたいという欲求は特に湧いてこなかった。ただ静かに変化を

受け入れた。

そして、また過食症がはじまった。

再発した過食症は以前とはまた違っていた。はじめのうちは典型的なタイプの過食症だったのが、少し奥深いところにある内面に浸透していき、はめ込まれたまま時間が経つことで、がさがさしていた突起もわたしに合う形状に変形していったように感じた。

今度の過食症には悪循環のループがなかった。過吐のあとも後悔や罪悪感がなかったという意味だ。むしろ、金銭的な問題や就職活動に打ち込まなくてはならない日常のなかで気分転換になった。過食症に対する姿勢も以前とは違った。挫折や失望という気持ちは抱かなかった。むしろ、勘違いして自分が過食症をコントロールしているとさえ思った。

「今週もお疲れさま。今日は自分にごほうびをあげなきゃね。思いっきり食べたいものを買おう」

こんな勘違いができたのはお酒のおかげでもあった。語学研修のあとに再発した過食症にはいつもお酒がともにあった。お酒を飲むときには、過食をして食べたものをすべて吐いた。吐いてしまっても酔いは残った。酒に酔えば吐いてもいいと正当化して、酔いすぎて吐くまではできなかったときも、酒に酔っていればそういうこともあると自分自身に言

い訳した。どんなときもお酒はいい口実になった。自分の問題をお酒になすりつけた。ぜんぶお酒のせいだと、酒に酔ってしたことで自分は悪くないのだと。

お酒と一緒の過食症はかなり長引いた。過食症を初めて発症したころのような、自分のなかで食欲が嵐のように押し寄せてくるのとは違っていた。ただただ日常の一部になっていった。心理状態によってひどくなったり、よくなったりを繰り返した。就職が決まって忙しく準備しているときはよくなり、入社した会社で上司からのストレスに悩まされたときはまたひどくなった。かろうじて記者という肩書きで昼夜問わず働いていたときはよくなり、経営状態が厳しくなって辞職勧告を受けたときはひどくなったりもした。両極端を行ったり来たりして、完全に治ったと思ったときも何度となくあった。

悪いのは自分じゃなくてお酒だし、このくらいならみんな飲んでるじゃないかと正当化しながら八年近く過ごした。そのあいだに美しさに対するわたしの基準は変わり、極端に細い体型になろうとすることはなくなった。弱々しく見せたいというよりも、一日をしっかりと生き抜ける体力がほしかった。もう他人と自分を比べて、手に入らないものに対する欲望で自分自身をすり減らしたり、誰かのせいで傷ついたりはしない。そのくらい無我夢中だった。自分自身と愛猫のモンジを守るためにはしっかりしなくてはならなかった。

もう腐っていくだけのりんごではいられない。過食症は何度も再発を繰り返し、再発するたびに少しずつ自分自身は強くなっていった。過食症と戦うのは無意味だった。ただ、憎まずに寄り添うことにした。それは悪循環ではないけれど、かといって好循環でもない状態がしばらく続くのだろうと思った。けれど、変化はいつも偶然のようにさりげなくやってくる。

半地下の部屋の契約が終わりもっと高いところに引っ越した。高層マンションの日当たりのいい部屋は手が届かなかったので、山側へ行った。南山《ナムサン》の中腹にある適度に日が入る部屋だった。新しい生活がはじまり、世の中に対する見方が変わっても過食症はよくならなかった。ただし、過食症になった自分を少しだけ寛大に受け止めることができるようになった。以前は常に他人と比較して過食症になってしまった自分を非難していた。けれど、そんな自分を愛せるようになった。自分自身だということ、それだけで愛すべき存在なのだから。

相変わらず、食べ物に対する強烈な衝動と食べたあとの不安にはときどき襲われた。けれどそのたびに「大丈夫。また治せばいい」と思った。毎回よくなるたびにそれが完治だと考えるようにした。そう考えると挫折することもなく、再発を恐れることもなかった。

一歩前進したと考えるようにした。過吐は完全によくなることはなかったけれど、挫折感と罪悪感はなくなって、心理的に落ち着いた状態を維持できるようになった。これが自分自身を守る力だと思った。わたしは肉体のなかに閉じ込められていたのだ。どんなに内面が変わっても外見が変わらなければ意味がないと思っていた。けれどいまは理解している。外見が変わっても内面まで変わるわけではない。長引く過食症を経験して、自分のなかで内面と外見がバランスを取るようになった。芽が出ようとしていた。

新しい世界

過食症とうまく付き合っていけば大丈夫だろうと思っていた。就職してモンジを守るくらいの力はつけたのだから。けれど違っていた。長期間続いたアルコールの摂取と過吐によって、わたしの体は衰弱していた。残業続きだったある日、体が信号を送ってきた。二か月ほど病院に通い、点滴や炎症を抑える注射を打ってもらい、抗生物質やステロイドを服用した。体のあちこちに絶えず炎症が現れた。体が悲鳴を上げていた。やめて、もう耐

えられないと。

そのころ、隣の席の同僚がスノーボードをすると知った。まだ冬までは三か月近くあったけれど、スノーボードがしたいと話す彼女の表情は幸せそうだった。気になった。いったいどうしてあんなに幸せそうにしているんだろう。わたしにとって運動は体を鍛え上げるためものだったので、高い装備で武装したまま雪原を滑り降りていくスポーツは稚拙としか思えなかった。スノーボードに挑戦してみることにした。いきなり習ってみたいと言い出したわたしを、同僚は快く手伝ってくれた。

同僚に連れられてボード用品店が集まる鶴洞《ハクトン》であれこれと装備を購入した。そんなに買っていないのに五十万ウォンを軽く超えてしまった。スキー場のシーズン券と装備を保管しておくためのロッカーのレンタル券も購入した。一つひとつ準備をしていったらかなりの出費になった。生まれて初めて、自己啓発や生活のためではなく趣味のために多額の支出をした。

準備はすべて整っていたけれど、もうひと月待ってようやくスキー場がオープンする月がやってきた。別名「ケジャンパン」と呼ばれる、スキー場のオープンに合わせて滑りに出かける彼らの儀式にも参加した。何がなんだかわからなかったけれど楽しかった。はじ

めてボードの上に立った。自分が使っていたものだからと言って同僚が安く売ってくれたものだ。ブーツは思ったよりも硬くて、プロテクターを装着したお尻や膝は自分の体の一部ではないような感じがした。

リフトに乗って上っていくと、緩やかな斜面の頂上がまだ行ったこともないエベレストのように感じられた。雪の斜面の上を滑り下りていく体は自分のものではないようで、ボードは自由気ままに動きまわった。雪を舞い上げて滑り下りながら、その速さが怖いなと思った拍子にゲレンデに尻もちをついていた。コントロールが効かなくなったボードが逆方向に飛んでいったのだ。痛かった。痛かったけれど楽しかった。けれど、まだ同僚が感じている面白さとは違う気がした。あの幸せそうな様子が気になった。

その後、毎週スキー場に通った。ボードを横向きにして安定させて滑るサイドスリップという滑り方を何週間も練習して、ついにターンもできるようになった。ターンができるようになるとすぐに速度がついてきた。面白かった。その面白さのおかげで、ボードに乗っているあいだはほかのことがどうでもよくなった。初めてだった。生まれて初めて、誰かに認められるためではなく、お金を稼ぐことでも知識をつけることでもなく、かといって未来の準備をすることでもない何かに一生懸命に打ち込んだ。本当に楽しかった。

世の中には数多くのわたしが存在する。娘として、妹あるいは姉として、カフェのアルバイト店員として、美大生として、留学生として、彼女として、ビールをサーブするわたしもいれば地上波ニュースの情報提供チームで、世の中に対する不満をため込んだ人たちの電話を受けるわたしも存在した。三十を過ぎてアルバイトをしていると「あの、年がいった人」と呼ばれ、最初の職場では先輩から「おかしな子」と言われた。数多くの場所、数多くの人たちのあいだに、いろんな種類のわたしが存在した。けれど、スノーボードをしているときのわたしは、ただの自分自身になれた。

三か月のスノーボードのシーズンが終わり日常に戻った。特にすることもない週末は、以前のように金曜日の夜にお酒と食べ物を準備した。やっぱりおいしかった。変化はまた突然起こった。わたしにとって食べ物はいつも我慢しなくてはならない存在だった。いつも空腹で常に不足していた。そんなわたしが変わっていた。満腹になり、それ以上食べたいという気が起きず、食べたら吐くということを考えることさえなかった。すぐに自分の体が巨大化してしまうような感覚に襲われることもなかった。不思議だった。それまで十年近くのあいだ、その恐怖心が自分を苦しめてきたのが嘘のようだった。

わたしが伝えたいのは「過食症になったらスノーボードをはじめなさい」ということではない。偶然なのか必然なのかはわからないけれど、わたしはスノーボードをはじめて新しい自分を見つけ、スノーボードにハマっていた三か月間は自然と過食をしなくなっていた。そのあいだ、わたしの心と体は本来の場所にあった。わたしにとってスノーボードが人生のバランスを取ってくれる新しい世界だった。普段自分が決めた量以上を食べてしまうこと、そのあと起こる変化を直接体で感じること、ふたたび話すことで落ち着きを取り戻す認知行動治療をスノーボードで経験することになった。食欲を超える欲求、それがわたしにとってはスノーボードをしたいという欲求だった。過食症の患者たちはみな、それぞれ自分だけの「スノーボード」を持っているはずだと考えている。

過食症にも寿命がある。一年で治るものもあれば、三十年続くものもある。わたしのなかに住み着いていた過食症はすでに衰えを見せている。いつか気力を取り戻した過食症がまたわたしを苦しめるかもしれない。完治したと信じているけれど、これまで何度も経験したようにいつか再発するかもしれないこともわかっている。完治するために懸命に努力して過食症から完全に抜け出すことができた、という素晴らしい話を聞かせてあげられた

らいいのかもしれないけれど、それはわたしの話ではない。でも大丈夫。過食症がまた活動をはじめても、負けないくらい強くなった。

完璧主義は、摂食障害の患者の代表的な性格だと言える。彼らは不足する五パーセントを埋めようとすることで摂食障害を発症してしまう。完璧さばかりを追い求め、すでに埋まっている九十五パーセントには目を向ける余裕もなく、いつも不足する五パーセントばかり見つめてしまう。わたしは人生の五パーセントをなくした。永遠に百パーセントにはできないけれど、恵まれた九十五パーセントの人生を生きようと思った。完璧でなくてもいい。完璧でなくてもわたしは美しいし、人生は十分に面白い。

今日は、わたしが過吐をせずに迎えた一年と九か月目の日であり、過食症を発症してからは十七年になった。

終わりに

最近は編み物をしている。幼稚園に通っていたときに習ったことが趣味になり、二十代前半までずっと編み物をしていた。指先で完成していくマフラーを見るのが楽しかった。そうこうするうちに編み物をやめた。それよりももっと重要なことが多すぎた。

転職すると、ある会社で偶然なのか編み物ができる人を探していた。もう編み物への興味は失っていたけれど、仕事なのでやるしかなくて。けれど、また編み物をはじめてみるど予想外に面白かった。そのなかで一番興味深かったのは、なんといってもコンティネンタルニッティング法だった。

普通は編み物を習うとき、主に右手を使う。それをアメリカンニッティング法という。逆に左手で編み地に繫《つな》がった糸を握って編んでいくのをコンティネンタルニッティング法という。方法や用語が重要なのではない。コンティネンタルニッティング法は聞いたことも見たこともない編み方で、かなり効率的な編み方だった。アメリカンニッティング法よ

り一・五倍は速く、かつ簡単な動作だけで編むことができ、ずっと編み物をしていても腕が痛くならなかった。習わない理由がない。けれど問題だったのは、わたしの左手の準備ができていなかったことだ。

人差し指で棒針に糸を巻き取らせるという簡単な動作が何度やってもうまくいかなかった。慣れない動作をしたせいで左手の親指と人差し指がつる始末だった。これが本当に楽な編み方なのかと疑った。何度か挑戦してもまたすぐ以前のアメリカンニッティング法に戻ってしまっていた。けれどいまはコンティネンタルニッティング法を自然と使いこなしている。新しい世界に出会い、以前の基準を変える方法は一つだった。時間はかかるけれど、こつこつ少しずつ変えていくこと。

わたしのなかの美の基準を変えるのにも長い時間がかかった。自分が正しいと思っていた世界、一つの考えだけが存在していた世界で、追求せずにはいられない新しい価値観を知ることになった。スタイルがよくなきゃ、かわいくなきゃ、か弱く見えなきゃならない。それがわたしの知っていた、ただ一つ追求していた美の基準だった。美しさを追求する世界では美の基準が必要だ。美の基準に適合すれば生き残れる。

多様な体型、多様な性、多様な年齢などの特徴が存在することを知って、さまざまな種

類の人から美しさを探し出そうとした。納得できる新しい基準を見つけたかった。けれど、実際には美の基準など存在しなかった。虚像だったのだ。ただ生きていくだけでも、みな美しい存在だった。かわいくてスタイルもよくなきゃいけないと思っていた過去の自分には戻れない。そうでなくても、わたしは美しいのだから。

相変わらず簡単なことではない。ドラマやテレビ番組に登場する芸能人を見ると「かわいい」という言葉が飛び出したり、食べすぎたと思うと「太ったらどうしよう?」と考えてしまったりもする。本を何冊も読んだからといって、あるいはロールモデルといえる人物に出会ったからといって、簡単に変えられるものではない。方法はたった一つだけだ。時間がかかってもこつこつ少しずつ変えていくこと。

雑誌社を辞めて、もう文章を書ける場所がなくなってしまった。新しい職場では締め切りに追われることもない平穏な日常を求めていたけれど、書かなくてはと思う気質は変わらなかった。誰からも求められはしないかもしれないけれど、どんな内容であれ書きたかった。

世の中に目を向けると、「プロアナ」という単語が脳裏に浮かんだ。何かが間違っていた。

間違っていると言いたかった。だからどうすればもっとも効果的に伝えられるか悩んだ。答えはわたしだった。誰よりもその問題に関心があり、誰よりもその問題を知っているのは自分だ。

はじめは簡単だった。けれど、もう終わったことだと思っていた過去を引っ張り出してきて、反芻《はんすう》しながら改めて書き出すのは簡単なことではなかった。つらい記憶を書いているとそのときの自分に戻ってしまった。もう大丈夫になったし文章だって書けると意気揚々とはじめたことが、摂食障害を再発させる状態まで引き起こしてしまった。幸いにも一時的に悪化しただけだったけれど、原稿を書く速度はとんでもなく遅くなり、書き上げるのに一年もかかってしまった。文章で生計を立てようとしたら、馬車馬のように休むことなく文章ばかり書かなくてはならないのに、これでいいのだろうかと思ったりもする。

抱えているだけだった原稿を世の中へ出す機会を与えてくれたチャンビ編集部に心から感謝を伝えたい。畏れ多くも、この本が世の中を変えられるなんてことは思ってもいない。ただ、必要な人に届き、少しでも彼らが自分自身を守る助けになれたらと願う。

そして、昨年の初めに天国へ旅立ったモンジに、そこで幸せに待っていてと伝えたい。

二〇二一年二月

キム・アンジェラ

ブックデザイン　鳴田小夜子（坂川事務所）

著者紹介

キム・アンジェラ

김안젤라

1985年生まれ。徳成女子大学で衣装デザインを専攻し、オーストラリアへの留学を経験。
雑誌『Esquire(エスクァイア)』の特集記事や『Woman Sense(ウーマンセンス)』の編集に携わった。一定の審査をクリアした書き手だけが投稿できるサイト「brunch(ブランチ)」に「룽지(ルンジ)」というペンネームで参加している。17年間、過食症を患う。

訳者紹介

高原美絵子

たかはら・みえこ

福島県生まれ。青山学院大学文学部英米文学科卒。高校生の時に日韓共作ドラマで韓国語に興味をもち、大学で韓国語を学び始める。保険関連の仕事に携わるかたわら、韓国語の文芸翻訳を手がけている。チェ・ウニョン『わたしに無害なひと』、ユン・イヒョン『小さな心の同好会』(いずれも、古川綾子訳、亜紀書房)の一部翻訳に参加。

西野明奈

にしの・はるな

茨城県生まれ。上智大学短期大学部英語科卒。韓国ドラマの魅力を知り、韓国語の勉強を始める。通信会社に勤務する韓国語の文芸翻訳者。チェ・ウニョン『わたしに無害なひと』、ユン・イヒョン『小さな心の同好会』(いずれも、古川綾子訳、亜紀書房)の一部翻訳に参加。

太ればば世界が終わると思った

発行日　2021年7月7日　初版第1刷発行

著者　キム・アンジェラ
訳者　高原美絵子／西野明奈
発行者　久保田榮一
発行所　株式会社 扶桑社
〒105-8070 東京都港区芝浦1-1-1 浜松町ビルディング
電話 03-6368-8870(編集) 03-6368-8891(郵便室)
www.fusosha.co.jp
DTP制作　アーティザンカンパニー 株式会社
印刷・製本　株式会社 加藤文明社

Printed in Japan　ISBN 978-4-594-08838-5